As heroínas saem do armário

Literatura lésbica contemporânea

Dados Internacionais de Catalogação na Publicação (CIP)
(Câmara Brasileira do Livro, SP, Brasil)

Facco, Lúcia
As heroínas saem do armário : literatura lésbica contemporânea / Lúcia Facco. – São Paulo : GLS, 2004.

Bibliografia.
ISBN 85-86755-38-9

1. Crítica literária 2. Lésbicas na literatura – Crítica e interpretação I. Título.

03-7104   CDD-809.8086643

Índice para catálogo sistemático:

1. Literatura lésbica : Crítica e interpretação
   809.8086643

Compre em lugar de fotocopiar.
Cada real que você dá por um livro recompensa seus autores
e os convida a produzir mais sobre o tema;
incentiva seus editores a traduzir, encomendar e publicar
outras obras sobre o assunto;
e paga aos livreiros por estocar e levar até você livros
para a sua formação e entretenimento.
Cada real que você dá pela fotocópia não-autorizada de um livro
financia um crime
e ajuda a matar a produção intelectual.

As heroínas saem do armário

Literatura lésbica contemporânea

LÚCIA FACCO

As HEROÍNAS SAEM DO ARMÁRIO
Literatura lésbica contemporânea
Copyright © 2003 by Lúcia Facco
Direitos desta edição reservados por Summus Editorial

Projeto gráfico e capa: **BVDA – Brasil Verde**
Editoração eletrônica: **Acqua Estúdio Gráfico**
Preparação de texto: **Maria R. Teixeira**
Editora responsável: **Laura Bacellar**

Edições GLS
Rua Itapicuru, 613 7º andar
05006-000 São Paulo SP
Fone (11) 3862-3530
e-mail gls@edgls.com.br
http://www.edgls.com.br

Atendimento ao consumidor:
Summus Editorial
Fone (11) 3865-9890

Vendas por atacado:
Fone (11) 3873-8638
Fax (11) 3873-7085
e-mail vendas@summus.com.br

Impresso no Brasil

Para Heitor: pingo de luz.
Para Renata: inspiração. Sempre.

SUMÁRIO

Agradecimentos _____ 9

Prefácio de Italo Moriconi Jr. _____ 11

1. A Tânia Vieira _____ 15
2. A Gabriela Pinheiro _____ 21
3. A Cristiana Almeida _____ 23
4. A Tânia Vieira _____ 27
5. A Gabriela Pinheiro _____ 29
6. A Tânia Vieira _____ 31
7. A Laura Bacellar _____ 34
8. A Júlio Coutinho _____ 36
9. A Tânia Vieira _____ 38
10. A Marina Lopes _____ 44
11. A Italo Moriconi _____ 46
12. A Maria Auxiliadora Cintra _____ 48
13. A Tânia Vieira _____ 53
14. A Maria Auxiliadora Cintra _____ 55
15. A Rick Santos _____ 86
16. A Maria Auxiliadora Cintra _____ 88
17. A Tânia Vieira _____ 113
18. A Maria Auxiliadora Cintra _____ 115
19. A Gabriela Pinheiro _____ 135

Notas _____ 137

Bibliografia _____ 147

Filmografia _____ 153

Anexo I – Entrevistas _____ 155
Anexo II – O pior preconceito é o que vem de dentro, de
Valéria Melki Busin _____ 186

Sobre a autora _____ 189

AGRADECIMENTOS

Ao meu "orientador predileto", Italo Moriconi Jr., pela amizade, paciência e, principalmente, pela confiança; à professora Lucia Helena de Oliveira Vianna, pelo acolhimento carinhoso de minhas idéias e pelas palavras de incentivo; ao queridíssimo amigo professor Rick Santos, por ter me enviado, lá de Nova York, "aquele e-mail" na hora certa; a Sérgio Sant'Anna, pelas palavras ditas, informalmente, que me incentivaram a insistir no "formato heterodoxo" do meu texto; aos professores André Crim Valente, Fátima Cristina Dias Rocha, João Cezar de Castro Rocha e Victor Hugo Adler Pereira, pela troca extremamente enriquecedora; a Danda Prado, Fátima Mesquita, Stella Ferraz e Vange Leonel, mulheres maravilhosas que colaboraram com este trabalho, com amizade, carinho e enorme boa vontade; a Flávio Carneiro e Adriana Lisboa, pela amizade e pelas palavras encorajadoras; aos funcionários da Secretaria de Pós-Graduação de Letras da Uerj, especialmente Jorge Fernando, Natália e Cristiane, pela amizade e pelo carinho; aos colegas do curso de mestrado, pela troca de idéias e convivência prazerosa; a William, sua bênção, padrinho!; a Paulo Dias, pelo apoio e pela torcida; a todos os colegas da Biblioteca CEH/B, da Uerj, especialmente Paulo, Neimar e Sílvio, por todos os "galhos quebrados"; a Maria Zélia Rocha Cintra, pela compreensão durante todo o curso de mestrado; a Cristina da Cruz de Oliveira, pela leitura paciente e pelas orientações técnicas; a Luquinhas, por me mostrar como as crianças são livres de preconceitos; a Martha, pelos elogios; a Laura Bacellar, pela colaboração e por "confiar no meu taco"; a Valéria Melki Busin e sua Rê, por serem maravilhosas como são e pela força enoooorme; às mulheres do Grupo Umas & Outras, por estarem na luta; aos meus pais, Lydia e Eloy, pelo que sou.

Este livro é uma versão revisada e reduzida da dissertação de mestrado intitulada *Boca no trombone: literatura lésbica contemporânea*, elaborada sob a orientação do professor doutor Italo Moriconi Jr., apresentada ao Programa de Pós-Graduação em Letras da Universidade do Estado do Rio de Janeiro (Uerj), como requisito parcial para a obtenção do grau de Mestre em Literatura Brasileira no ano de 2003.

PREFÁCIO

Querem saber qual é o outro nome de Lúcia Facco?
Autenticidade.
Acompanho seu trabalho desde o início. Desde o momento,
logo superado, em que, para falar da questão homossexual, sentia-se
compelida a estudar autores *gays* masculinos, notadamente Caio
Fernando Abreu. O salto qualitativo aconteceu quando ela percebeu
que sua trajetória como pesquisadora universitária na área de Letras
tinha de estar completamente vinculada à sua própria experiência re-
volucionária (ou revolucionada) de vida.

Nesse momento, Lúcia Facco passou da abordagem oblíqua
para a abordagem direta da questão lésbica. Era hora de botar a boca
no trombone. E assim nasceu uma dissertação de mestrado que agora
vira livro e tem tudo para agradar, pois foi escrita em linguagem compreensível para qualquer leitor suficientemente alfabetizado.

No espaço universitário, que hoje todos chamam, anglo-saxo-
nicamente, de "acadêmico", o texto de Lúcia Facco foi de uma ori-
ginalidade e ousadia sem par. Botar a boca no trombone e apresentar
uma parte do panorama contemporâneo da literatura LÉSBICA brasileira não é algo que passe exatamente como um evento inocente
entre os rituais institucionais do saber.

A própria palavra "lésbica" soa ofensiva a ouvidos desacostu-
mados. É uma palavra que não tem nem a conotação científica que de
qualquer forma impregna o termo "homossexual", nem conta ainda
com o favor midiático que cerca o vocábulo "*gay*". *Lesbian is beau-*

tiful, mas essa é uma sensibilidade que só aos poucos vai penetrando na estesia brasileira, ou seja, no campo aberto de nossa moral contemporânea, que será pluralista ou não será. O texto de Lúcia faz uma mixagem corajosa entre a vontade documental e a vontade literária. A forma epistolar responde por esta última. Para evitar os excessos do exibicionismo personalista, mas ao mesmo tempo utilizando-os em favor de seu projeto de estudo, Lúcia duplicou-se em *alter-ego,* em personagem de romance. Assim, seu livro, sendo sobre literatura lésbica, é, ele próprio, literatura lésbica também.

Triunfante, Lúcia Facco entra no palco iluminado das autoras lésbicas publicadas. Mas com seu estudo de outras autoras e obras, com suas análises sensíveis, e com suas entrevistas superimportantes, o que ela faz sobretudo é prestar uma homenagem às pioneiras do gênero em terras brasílicas.

Italo Moriconi Jr.
Rio de Janeiro, junho de 2003

Divertimo-nos produzindo um discurso distante do academicismo. Só caga regra quem se entulha com manuais indigestos, quem come com gula e sem prazer.

Leila Miccolis e Herbert Daniel

Meias-verdades, meias-atitudes, meias-bondades, nada disso me interessa. E eu não tenho pressa pra conferir.

Zélia Duncan e Christiaan Oyens

1

A Tânia Vieira

Tânia Vieira conheceu Luciana em 1978, na escola onde estudavam. Desde então tornaram-se amigas e, fato raro, mantiveram contato constante até os dias de hoje. Tânia é casada e tem três filhos pequenos.

Rio de Janeiro, 14 de outubro de 1999

Taninha:

Antes de você ler o que está nesta carta, quero te dizer que, após tantos anos de amizade, posso te contar o que está acontecendo comigo, sem ter medo de que você passe a me olhar de maneira diferente. Afinal, você me conhece como poucas pessoas.

Agora mesmo, antes de começar a escrever, eu estava me lembrando da nossa conversa em Búzios, lembra? Faz tanto tempo... Uns doze anos, acho. Eu e você sentadas na praia, final de tarde, bebendo cerveja, ou "caipiúva"? Disso eu não lembro com certeza, mas lembro bem o tema da conversa. Nenhuma das duas conseguia engravidar. Nos sentíamos tristes, mas ao mesmo tempo felizes por podermos contar uma com a outra, compartilhar a frustração. E hoje aqui estamos nós e as nossas "proles". Frustração superada, vencida (pelo menos essa).

Você sabe que sempre me fez muito bem conversar com você, amiga, e, no momento, minha aflição é outra, bem diferente e preciso te contar e te ouvir.

Eu nunca tinha experimentado aquilo antes. Aquela sensação de estranhamento de mim mesma. Uma mistura de surpresa, culpa e ao mesmo tempo alegria em me descobrir capaz de ainda olhar alguém, ou melhor, uma parte do corpo de alguém e sentir desejo. Você sabe que há anos não sinto tesão. Pensei até que estava frígida. Por muito tempo direcionei todo o meu afeto, meu carinho, meu amor aos meus filhos. Mas isso não chega, né? Quantas vezes conversamos sobre a enorme possibilidade de me transformar numa mãe neurótica, parecida com aquela do filme do Woody Allen, o "Édipo arrasado", dos *Contos de Nova York*?[1]

Tá legal. Está parecendo que eu estou preparando terreno para a "Grande Revelação". Pois é isso mesmo. É que eu não estou sabendo muito bem como te contar...

Você sabe que eu nunca fui contra nem a favor do homossexualismo. Na verdade, eu nunca tinha parado para pensar seriamente a respeito de existirem relações sexuais entre pessoas do mesmo sexo. Tinha uma vaga idéia de que cada um devia "dar" ou "comer" quem quisesse e ninguém tinha nada com isso.

Você lembra do meu aniversário do ano retrasado naquele bar? Lembra como estava todo mundo na maior água? Pois é. Depois que você foi embora rolou um papo superestranho com a Heloísa. Lembra dela? Mas não passou disso: um papo. Aliás, minto. Rolou um beijinho e nada mais. Na verdade, isso não tem a ver com o que aconteceu ontem. Passou, eu estava bêbada e no dia seguinte nem pensei mais no caso. Agora foi diferente.

Desde que li Caio Fernando Abreu, quando ele disse que "... homossexualidade nunca existiu. Existe sexualidade – voltada para um objeto qualquer de desejo. Que pode ou não ter genitália igual, e isso é detalhe",[2] achei que havia entendido as diversas manifestações da sexualidade humana. Só que uma coisa é a teoria, outra, bem diferente, é experienciar a situação na própria pele. E foi o que me aconteceu. Eu estava ali, numa noite quente, em plena rua, no volante do carro malparado, na meia carona que dei àquela moça que trabalhou comigo quase um ano, na redação, olhando para as pernas lindas, queimadas pelo sol, com uma penugem dourada e sentindo aquilo. Um enorme desejo de passar as mãos. Mas elas estavam apertadas no volante, o cérebro gritando para elas: "Fiquem aí! Vocês estão loucas?". Foi aí que levei até um susto com um fluxo repentino entre as pernas. Caramba! Há quanto tempo não ficava assim. E a culpa. Naquele momento, na minha cabeça, todas as teorias que eu havia lido a respeito do assunto se desfizeram, diluíram num único pensamento: não posso estar sentindo isso! Sou hetero!

Engraçado. Conheci essa garota por um ano, convivi com ela e nunca senti atração, tesão. O monstro deliciosamente ameaçador se chama Gabriela, tem 24 anos (imagina! Só NOVE ANOS mais nova que eu...) e um papo legal. É uma companhia agradável e só. Já tinha pensado algumas vezes em marcar alguma coisa com ela em um final de semana qualquer, tomar um chope, ou qualquer coisa assim, mas sempre desisti. Eu sempre pensei nela só como uma provável companhia interessante, da qual nunca fiz muita questão. Diferenças de vida, de idade...

Pois é. Aí o fluxo do trânsito diminuiu e ela desceu do carro com um quase indiferente "Obrigada, até amanhã". Dei graças a Deus. O surto passou. Volto à vida e vou esquecer essa loucura. Observei-a atravessando a rua e ela já não me pareceu um monstro tão ameaçador como alguns segundos antes. Era só uma mulher linda, maravilhosa, gostosa... Mas acontece que a minha buceta continuava cada vez mais molhada.

Ela pegou o ônibus e foi embora. E eu fiquei ali parada. Sabe de uma coisa? Você pode achar que eu estou maluca, mas a minha intuição está me dizendo que as coisas vão mudar radicalmente na minha cabeça. Não é possível sentir uma coisa dessas e ficar incólume. Quando arranquei com o carro, li a placa da rua: Rua da Passagem. É... me diz, passagem para onde?

Beijos, Luciana

Rio de Janeiro, 17 de fevereiro de 2000

Taninha:

Minha médica homeopata, na última vez que a vi, me disse que eu estava com cara de "gato que comeu passarinho". É. Comi mesmo. Só que não foi passarinho. Foi passarinha. Vou te contar, mas vou poupá-la dos detalhes. A não ser que você insista muito. Estávamos ali finalmente. Eu e Gabriela, naquele quarto de hotel com cara de esconderijo, no meio de uma tarde de meio de semana. Dia útil. É... eu estava esperando que fosse útil mesmo. Quanto a ela, se você me perguntar, não saberia dizer os motivos que a levaram até aquele ponto, aquele lugar. Mas os meus motivos, eu sei muito bem. O primeiro, óbvio, foi a curiosidade, o tesão pela própria situação: ir para a cama com uma mulher. O segundo foi a esperança de, com uma tarde inteira de bom sexo, carinho etc., prender aquela mulher maravilhosa, fazer com que pensasse tanto em mim a ponto de me querer, ou melhor, de precisar de mim. E, finalmente, o terceiro: gozar. A palavra "orgasmo" tinha se tornado para mim uma coisa abstrata, utópica, impossível de ser alcançada na minha situação atual.

Subimos devagar a ladeira, debaixo de um calor infernal, eu vestida de saia, sandálias de salto, batom forte e uma culpa do cacete. Engraçado, na hora nem pensei nisso, mas por que tanta culpa? O que a sociedade faz com as nossas cabeças, né? Ela parecia uma menina (me senti uma "papa-anjo"), de tênis, calça *jeans*, mochila, arrastando quilos de insegurança, incerteza e reclamações ladeira acima. O lugar era longe. E se alguém conhecido nos visse? E se não deixassem duas mulheres entrar naquele hotel? Quando ela disse isso eu já estava ficando puta e respondi meio agressiva, mas sem muita convicção: "Se o cliente pagar, qualquer motel o deixa entrar até com um cavalo, um porco, ou outra coisa parecida!"

Quando chegamos na portaria, eu engoli em seco, respirei fundo (mas sem deixar que ela percebesse) e tentei fazer a mesma expressão que faço ao pedir um quilo de alcatra ao açougueiro, bem natural: "Quero um quarto! Quanto custa e qual é o período de tempo?"

A moça da portaria não arregalou os olhos, nem começou a gritar, nem chamou um padre exorcista, como eu estava fantasiando desde que começamos a subir a maldita ladeira. Pelo contrário, deu um sorriso de "funcionário do mês do McDonald's" e disse simplesmente: "Quarenta reais, seis horas."

Embasbacada com tanta naturalidade, peguei a chave e subi uma escadinha escura com um carpete verde horroroso, cheirando a desinfetante, sem olhar para trás. Se ela tivesse fugido para a rua eu nem teria visto. Se Orfeu fosse como eu, Eurídice estava salva... Finalmente estávamos ali. Eu, me sentindo o máximo, o cúmulo da mulher moderna, despida de qualquer preconceito. Foi aí que me lembrei... despida. Meu Deus! Eu ia ter de tirar a roupa na frente dela! Ela não tinha fugido, afinal, mas, diante do meu terror, sinceramente eu preferia que sim. Fechei os olhos e imaginei a visão que ela teria dali a alguns minutos ou, quem sabe, segundos. Uma barriga cheia de celulite, seios já nem tão em forma assim (devia ter continuado na musculação). Ela vai broxar! Aí me tranqüilizei um pouco, afinal, mulheres não broxam. No máximo, poderia fingir um orgasmo e a ignorância desse possível fingimento não faria com que eu me sentisse tão humilhada. Estava no meio de um turbilhão de pensamentos quando ela olhou meus olhos e enfiou a língua na minha boca. Pronto, passou! Não pensava em mais nada. Seios, barrigas, bundas, ali não existiam, não cabiam. Quer dizer, existiam sim. E como! Mas a forma deles não vinha ao caso. Nem dos meus, nem dos dela. Eu só queria entrar, me fundir com ela. E foi assim. Gozei uma, duas vezes. Gozos que foram totalmente novos para mim. Igual a eles não havia nenhum na minha memória. Depois ficamos abraçadas. A luz de fora entrava pelas frestas da cortina que não se fechava direito e incidia sobre aquele corpo tão gostoso, ao alcance das minhas mãos, dando-lhe uma suavidade que se adequava perfeitamente. Mulher sensível, linda. Olhos azuis agora fechados, respiração suave e dedos acariciando de leve os meus cabelos. Queria segurar aquilo. A visão, o tato, o cheiro gostoso, o calor. Mas o tempo era contado. Quarenta reais, seis horas. Como se fosse possível marcar, limitar o tempo do sentimento, do abandono. Pois é. Aí veio o primeiro "balde d'água fria" quando ela me disse: "Você é o maior barato!". Saco!, eu pensei, você pode muito mais do que isso. Que coisa mais besta de ouvir! Diz mais, por favor... Mas já que não vinha mais eu arrisquei, não sem me lembrar do conto "Triunfo dos pêlos",[3] em que a personagem diz que mulher é sempre assim: basta ser comida direitinho, e pronto! Se apaixona perdidamente: "Eu te amo!" E, sem pensar, completei com uma pérola: "Não precisa dizer o mesmo." Ao que ela respondeu: "Claro que não..." E depois começou a chorar dizendo: "Eu queria tanto estar apaixonada por você..." Pronto. Diante disso eu morri. O que responder a tanta "sinceridade insensível"? Lágrimas. Ótimo! Dois orgasmos e lágrimas. Belas seis horas por quarenta reais.

O que me restava fazer? Óbvio que falei para irmos embora, antes de virar o período e termos de pagar outro. Já pensou pagar oitenta reais para depois sair com a cara de bunda com a qual eu fiquei depois de ouvir aquilo?

Descendo a ladeira, eu falei: "Eu não vou te ligar. Você me liga, tá?"

Cheguei em casa e só consegui chorar. E agora, José? E agora, Tânia?

Beijos, Luciana

2

A Gabriela Pinheiro

Gabriela conheceu Luciana em 1998. Era estagiária de Jornalismo na redação onde Luciana trabalhou por algum tempo como revisora.

Rio de Janeiro, 8 de setembro de 2000

Para uma pessoa tão especial, que tem o poder de transformar outra pessoa...

O amor é alimentado pela imaginação, através da qual nos tornamos mais sábios do que sabemos, melhores do que nos sentimos, mais nobres do que somos, capazes de ver a vida como um todo; através da qual, e só através dela, chegamos a entender os outros tanto quanto em sua relação real quanto ideal.[4]

Oscar Wilde

É impressionante e mágico como a vida muda, como as nossas impressões mudam, nossos sentimentos...

Quando penso no dia de hoje, vejo o quanto minha vida, minhas sensações e meus sentimentos mudaram, ou melhor, afloraram e estão aflorando em ritmo frenético. É como se, ao termos perdido tanto tempo naquele "chove não molha", estivéssemos descontando. E também é surpreendente como, pelo menos até agora, nos demos tão bem nas pequenas coisas, nas situações cotidianas. Enfim... O que importa é o agora, o que estou vivendo e como estou bem e feliz, apesar do sono e do medo que tenho das coisas novas, das mudanças.

Não sei bem, ainda, como te fazer feliz, mas estou descobrindo a cada dia, a cada momento, e fico emocionada por ver que posso fazê-la sentir-se bem com tão pouco. Que bom!

Este é o seu primeiro aniversário que passamos juntas (realmente juntas), e fiquei muito feliz por estar por perto para poder ver o quanto você é querida.

Obrigada pela força que você está me dando. Obrigada por acreditar em mim. Espero não decepcioná-la.

Um beijo e um abraço bem carinhoso e cheio de boas energias. Feliz aniversário!

3

A Cristiana Almeida

Em 1999, os dois filhos de Luciana, Clara e Arthur, estudavam em uma pré-escola onde conheceram Camila, filha de Cristiana. Por intermédio das crianças, as mães se aproximaram e mantiveram amizade por cerca de dois anos. O afastamento se deu pelos motivos expressos nesta carta.

Rio de Janeiro, 6 de março de 2001

Olá, Cris. Tenho sentido muito a tua falta.

Estaria mentindo a você se dissesse que nada mudou entre nós. Mudou, sim. Fiquei decepcionada por você ser a primeira pessoa a me fazer sentir, na pele, a força de um preconceito idiota que grassa por aí.

No dia que te falei da minha paixão, a coisa boa que estava acontecendo comigo, você me disse que precisava "digerir". Já se vão seis meses. Ô digestão demorada, hein?

Lamento muito, pois me lembro sempre das nossas feijoadas (essas sim de digestão difícil), dos blocos de carnaval, das viagens, das cervejadas, das dores compartilhadas...

Como você sumiu e eu sei que não morreu, resolvi te escrever dando alguns "esclarecimentos" a respeito de um assunto, para você, tão complicado. Vamos dizer, um "Sonrisal" para ajudar a tua "digestão".

Desde pequenos, na nossa sociedade, recebemos as nossas orientações de comportamento. Existem claras distinções entre o papel feminino e o masculino. Essas expectativas de comportamento vão definir papéis sexuais separados.

Em um de seus livros, Edward Macrae diz que em 1978 (olha como isso é antigo!) o grupo homossexual paulista Somos lançou uma carta de protesto que afirma que "... a homossexualidade ameaçava o poder que certos grupos detinham na sociedade por contestar [...] a ideologia onde um ser (o macho) domina outro (a fêmea), com uma finalidade (a reprodução)".[5]

Trocando em miúdos: a questão da homossexualidade é muito séria, pois balança, questiona as relações de poder.

Para se referir ao ato sexual, a linguagem popular tem dois termos bem interessantes de analisar: "dar" e "comer". O primeiro relaciona-se, usualmente, à mulher, que é (ou, pelo menos deveria ser, segundo as sociedades falocêntricas) "passiva" na relação sexual. Cabe a ela simplesmente "se entregar", "se dar" ao macho, esperando que ele tome a iniciativa, conduza o ato, a "coma". O ato sexual, portanto, seria a reprodução dos comportamentos sociais esperados e bem definidos de homens e mulheres.

Nas relações homossexuais, alguns homens ousariam "dar" em vez de "comer". Logo, na medida em que descumprem o seu papel, não podem continuar a ser homens e passam a ser uma categoria à parte. Das mulheres espera-se uma atitude passiva. Elas devem dar e não sentir prazer. Da mesma maneira que as "bichas", os "sapatões" (eu, no caso) ousam desafiar a "ordem natural das coisas" e também passarão a formar uma categoria estanque. Citando, mais uma vez, Macrae, um grupo homossexual de São Paulo disse "... aos olhos do sistema machista e autoritário que está aí, somos todos simples viados e sapatões e quem não se calar apanha".[6]

Você fez mais ou menos isso. O papo de "digestão" funcionou, para mim, como uma bofetada bem dada "na lata".

O pior é que todas as mudanças de visão que a sociedade tem tido em relação às diferenças de comportamento sexual são questionáveis, já que o ser humano continua a não ser encarado em sua individualidade. Ele é colocado em "prateleiras", "gavetas" ou "armários", devidamente etiquetado e não deve sair de lá. Verdadeiros guetos.

Eu vou tentar estabelecer uma relação entre o corpo e a liberdade, que você, aparentemente, sempre valorizou tanto.

Aqui no Brasil, na década de 1970, por causa da ditadura, as pessoas eram impedidas de falar sobre política de maneira aberta. No livro *Jacarés e lobisomens*, Leila Mícollis e Herbert Daniel afirmam que as pessoas "... contornavam essa dificuldade, discutindo-a através de outras formas, e nada mais justo que elas dissessem respeito ao corpo, a vítima de torturas, espancamentos, maus-tratos e violências".[7]

Nessa época, até 1979, os movimentos homossexuais e feministas foram os únicos espaços que colocaram abertamente a questão da manipulação político-econômica do corpo. Ponto para eles, que denunciaram que a repressão do prazer torna a pessoa mais facilmente reprimida em todos os aspectos. Descobre-se que o sexo é instrumento de manipulação do sistema. Do mesmo *Jacarés e lobisomens*, transcrevo: "Ao reprimir a energia sexual (hetero ou homossexual, não importa) ela poderia ser canalizada para fins que o poder constituído considerasse úteis".[8]

Você percebeu? Eu não quero, não aceito que nenhum "poder constituído" paute, regule a minha vida, os meus sentimentos, o meu tesão. Você sabe muito bem que eu nunca fui "obediente". Você não me chamou sempre de Lucíola?[9] E não foi Lucíola duplamente transgressora? Primeiro, por ser mulher (no século XIX) e sentir prazer, gozar. Segundo, por ser uma puta que se apaixona. Uma puta/pura naquela estranha dicotomia Lúcia/Maria da Glória, Luz/Lúcifer (trevas).

Ainda sou eu, Cris. Luciana! Lembra? Que, por acaso, está namorando Gabriela.

Eu ainda me lembro de você. Uma mulher que nunca se preocupou com o que pensavam dela, amante da liberdade. Ou estava enganada?

Penso que, há seis meses, poderíamos ter conversado a respeito do que te incomodava, mas reconheço que você não é a única a preferir não tocar no assunto. Ocorre um interessante fenômeno com alguns que se sentem ameaçados diante de questões que fogem dos padrões de normalidade. Afinal, o que há de tão ameaçador no homossexualismo? A meu ver, o que de fato incomoda, já que se sabe hoje que o homossexualismo não é uma doença, portanto não contamina ninguém, é a consciência de que alguns conceitos tidos como certos são, na verdade, frágeis.

Você lembra da novela *Torre de Babel*, que passou em 1998 (acho)? Havia duas personagens que, segundo a sinopse, teriam uma ligação lésbica. A história foi cancelada na novela devido à rejeição do público. Uma delas seria interpretada por Glória Menezes e a outra, por Silvia Pfiffer. Afinal, "elas estão muito perto do público, porque têm família, dinheiro, beleza, trabalho, dignidade e auto-estima. Como rir disso? Aqui a homossexualidade torna-se impossível de ser ignorada. Ela integra o mesmo mundo em que vive o público médio".[10] Ou seja, posso estar enganada, mas acho que você fugiu porque a minha homossexualidade, por sermos tão próximas, por pertencermos a um "mesmo mundo", balançou, na verdade, as noções de normalidade/anormalidade em sua estrutura mais primária, o que deve ter te causado um desconforto muito grande, a ponto de você preferir desistir de uma amizade tão legal.

Quero dizer que estou tentando entender o que te aconteceu e ainda não desisti de você (por isso escrevi esta carta), mas não posso te forçar a aceitar uma situação se você se sentir irremediavelmente constrangida.

Se tudo o que eu acabei de dizer, inclusive com "fundamentação teórica", não adiantou nada, vou te contar uma última coisa: ao transar com outra mulher, eu descobri uma novidade: orgasmos múltiplos existem!!!!

E, se nem depois dessa declaração você terminar a "digestão", sinto muito...

Luciana

4

A Tânia Vieira

Rio de Janeiro, 11 de maio de 2001

Taninha:

Engraçada a tua pergunta. Se me diria lésbica. Hoje estava conversando com uma amiga da minha mãe que me viu crescer. Eu a adoro e ela estava tão preocupada comigo, com o fato de eu estar "sem ninguém", que falei a ela que não. Não estou "sem ninguém". Estou muito feliz com a Gabriela. Ela ficou abaladíssima e me disse: "Mas você nunca teve tendência e agora virou lésbica!" Como se fosse um encantamento, ou melhor, uma maldição: "A princesa que virou lagartixa".

Eu acho que sou meio anarquista mesmo e discordo de tudo o que é estabelecido. Sabe quando Deleuze fala no "devenir"?[11] Pois é. Eu não "virei" nada. Eu estou me tornando qualquer coisa todo o tempo. Não só eu. Nós estamos em constante transformação, em constante devir. A cada minuto que vivemos nos tornamos pessoas diferentes das que fomos um minuto antes. E isso ultrapassa e muito o fato de eu ultimamente ir para a cama com uma mulher. Se sou lésbica? Não sei. Aliás, não me interessa. Sou tantas coisas. Sou mulher, sou mãe, sou profissional, sou apaixonada por samba e por escrever cartas (isso você sabe muito bem), sou uma incorrigível admiradora de chope e vinho, sou sua amiga, sou brava, sou delicada. Ora! Sou um bando de coisas e, ao mesmo tempo, não sou nada imutável, fixo, inflexível.

Contudo, acho que o fato de assumir uma "identidade homossexual" pode ser útil e até necessário diante de determinadas situações do nosso cotidiano. Eu disse, no outro dia, para a professora do Arthur, com todas as letras: "Sou lésbica". Achei que devia, pois estava conversando com ela sobre uns problemas que têm sido criados por coleguinhas dele (não em relação a ele, mas a outras crianças) que apresentam atitudes homofóbicas. Eu estava explicando a ela a importância de se fazer um trabalho de conscientização, de incentivo ao reconhecimento das individualidades e das diferenças, e ela parecia não estar dando a atenção necessária. Ao dizer a "frase mágica", contudo, ela me olhou com mais atenção, sabe? "Se ligou" mais na questão que eu estava levantando, enfim... Embora continue não acreditando em "identidades fixas", às vezes é preciso que as coisas sejam nomeadas. Minha avó dizia "dar nomes aos bois".

Acho que as pessoas, de maneira geral, se preocupam muito em classificar a si mesmas e aos outros. Elas precisam "ser" alguma coisa, "se sentir" alguma coisa. A consciência de que estamos em constante mutação causa certa aflição, uma sensação de insegurança. Afinal, não podemos saber o que "seremos", ou melhor, o que "estaremos" no minuto seguinte. Para mim a mutação e a imprevisibilidade é que nos salvam do tédio de sermos sempre iguais, dando dinâmica às vidas.

Beijos, Luciana

5

A Gabriela Pinheiro

Rio de Janeiro, 18 de maio de 2001

À minha "mulher-falo"

A formação judaico-cristã, pelo menos para as mulheres, ensina que toda relação amorosa deve começar com o amor, o encantamento, a parte dita "emocional", e que esta provoca o desejo, que, por sua vez, leva à cama.

Não comigo. Não desta vez.

Olho para você. Antes do primeiro roçar, só uma garota legal. E agora... Agora um olhar seu sobre mim, olhos claros escondidos atrás dos óculos, e de minha buceta surge aquele líquido estranhamente inominado. Qual é o nome daquilo mesmo? Digo, nome vulgar, corriqueiro. Buceta tem nome. Bunda, pau, porra, peitos, também. Tudo o que se relaciona ao desejo, ao imaginário e ao prazer dos machos tem nome. Mas esqueceram, ou esquecemos, sei lá, de nomear aquele "lubrificante vaginal" que é a prova não do prazer puro e simples, mas do tesão que nós mulheres sentimos por alguém ou alguma coisa. Será que é porque pensam, ou pensamos, sei lá, que não sentimos prazer ou desejo? Mas essa questão puramente filosófica não interessa agora. Eu sei que sim. Nós sabemos que sim, a cada dia mais.

Mel? Não. Poético demais... Néctar? Argh! Desisto. Isso também não vem ao caso. Falava daquilo que jorra de dentro de mim quando você me olha, me encharcando as coxas, me deixando pronta para receber o seu corpo. Pele branca, macia, linda, provocando aquele estranho contraste com a minha morenice. Aí você me sorri e eu olho para suas covinhas. No meio delas acho sua boca, imagino-a aferrada a meu seio e lembro que você faz isso como se tentasse retirar daquele único ponto sensível, que sua língua toca e seus lábios e dentes apertam, quase provocando dor, toda a essência de mim, todo o meu tesão, o meu amor penetrando você pela boca. Fodam-se as teorias psicanalíticas (se por acaso existirem) que possam comparar esse prazer ao da amamentação. Já amamentei com leite e com muito amor meus filhos e nem gozei como gozo quando você faz isso. O tesão maior desse ato é sentir que quase seria o bastante para mantê-la viva, feliz e segura.

Fodam-se as mesmas teorias que tentariam analisar o orgasmo que me vem quando você segura meus cabelos com força e enfia a sua língua na minha boca, como se quisesse sorvê-la. Masoquismo? Nem quero saber.

Olho depois suas mãos pequenas, delicadas, relutantes nos seus movimentos. Mãos que escrevem, mãos que trabalham, mãos que me penetram. Um dedo, dois, três, a mão inteira (como é que pode caber?!), me machucando, quase rasgando, buscando passagem para o meu calor. Queria a mão toda, o braço, você inteira. Não comprei nem compro briga com o pênis, o falo. Você é meu falo, minha mulher-falo que, junto com sua mão-falo, trouxe para dentro de mim o seu falo, o seu escuto, o seu entendo, o seu colaboro, o seu amo, o seu vivo, o seu compartilho, o seu sou amada. Sim, porque o meu tesão, a minha paixão por você trouxeram a reboque um amor tão grande que juraria nunca sentir.

Te amo tanto que me entrego nesta declaração sem-vergonha, escrachada, exagerada e, se alguém um dia me olhar atravessado por ter visto nossas mãos dadas, ou um olhar "assassino" trocado por nós, tranqüilamente piscarei meus olhinhos delicados de corça assustada e direi, bem tímida: "Sou sapatão! E daí?"

Te amo mais que ontem, menos que amanhã.

Tua "mulher-falo"

6

A Tânia Vieira

Rio de Janeiro, 16 de junho de 2001

Taninha:

Sabe de uma coisa? Estou um tanto impressionada de ver até que ponto pode chegar a intolerância. Lógico que sei, desde que me entendo por gente, que ela existe, mas é complicado quando realmente vemos que ela faz parte do universo de quase todas as pessoas e vem de onde menos se espera. Sabe aquela sensação de ser mordida por um simpático coelhinho de pelúcia? Pois é. Tive há pouco tempo um exemplo vivo disso. Fui ao III Encontro de Pesquisadores Universitários, na UFF,[12] um congresso do qual participam pesquisadores, de várias universidades, que trabalham com a temática do homoerotismo. Antes de iniciar uma das mesas-redondas, o mediador deu um "informe" sobre a Parada do Orgulho Gay que se realizaria em São Paulo dali a uma semana. Um dos ouvintes, então, disse que nunca comparecia pois não conseguia se identificar com os *gogo-boys* que iam em peso e faziam suas *performances* durante o desfile... Houve um silêncio... e logo após uma reação em massa. Um professor que estava ao meu lado disse: "Lógico que ele não se identifica com eles. Seria a mesma coisa que um homem hetero, ou uma mulher homossexual se identificar com aquelas dançarinas gostosonas dos grupos de axé *music*" (neste ponto discordo, pois elas não me causam nenhum efeito, a não ser a vaga sensação de que, em vez de ter estudado tanto, eu deveria ter malhado mais e aprendido a remexer bem a bunda para poder ficar milionária, mas isso não vem ao caso).

"Os *gogo-boys* são o objeto de desejo desse cidadão que se manifestou de maneira tão pouco apropriada."

O mediador falou, com meu pleno acordo, que se os homossexuais já são um segmento normalmente discriminado pela sociedade, não precisa haver preconceito e intolerância dentro do próprio segmento, ouviu, meu amigo? Lógico. Se sou mulher, gosto de mulheres e transo com mulheres, mas mantenho a aparência considerada "feminina" na maneira de me vestir, uso salto alto, cabelos e unhas compridas, não quer dizer que devo ter preconceito contra aquelas que usam cabelos curtíssimos, se vestem de maneira "masculina", muitas até se operam, tomam hormônios, coçam o saco e cospem no chão (aliás, disso eu morro de nojo, seja homem, mulher, ou lhama. Argh!). Quero dizer, com isso, que alguns homossexuais procuram reproduzir, de forma exagerada, caricatural, atitudes consideradas próprias, características, do sexo oposto. A questão é que cada um deveria ter o direito de se vestir/comportar da maneira que preferisse.

Respeito completamente a individualidade de cada um (ou, pelo menos, tento). Se eu tiver preconceito contra os "sapatões", não posso reclamar quando alguém me criticar por preferir, para "transar", mulheres e não homens. Ora essa! Vamos ser coerentes! Se queremos que nos respeitem, temos de respeitar!

Aliás, assisti ao filme *Desejo proibido*[13] (você tem de ver!). Inclusive é engraçadíssima a capa da fita. Tem uma foto da Sharon Stone com a Ellen de Generes e está escrito algo como: "Você poderá ver, pela primeira vez, Sharon Stone na cama com outra mulher". Quem vê pensa, no mínimo, que se trata de um filme "porno-erótico" em que se pode ver a atriz (linda, por sinal) peladona e poderá se masturbar vendo uma tórrida cena de sexo. Ah! A mídia... Quem locar a fita com essa intenção vai se decepcionar. Trata-se de três histórias passadas em épocas diferentes, que mostram problemas vividos por mulheres lésbicas. Muito sensível e interessante.

Mas, afinal de contas, estou falando nesse filme por causa da intolerância. A segunda história da fita é passada na década de 1970 e coloca a questão muito bem. É uma ciranda de preconceitos. Trata-se de um grupo de moças lésbicas, universitárias que moram juntas.

Elas são expulsas do grupo feminista (que ajudaram a fundar) da universidade, por serem lésbicas. A alegação das outras moças do grupo é de que as pessoas estavam associando a idéia de feminismo ao lesbianismo. As meninas expulsas ficam putas com "tanto preconceito" e vão afogar a "putice" em um bar. Escolhem, meio de sacanagem, um bar lésbico. Chegando lá, ficam debochando (entre elas, é óbvio, pois não queriam apanhar) das freqüentadoras do local, por se vestirem como homens. Acontece que uma delas se interessa e apaixona por uma daquelas mulheres, que se veste de maneira bem masculina. Ela vai ter de enfrentar o preconceito (inclusive dela própria) e a ironia das suas amigas. Ou seja, a historinha retrata bem o preconceito vivido no meio lésbico, contra uma lésbica, apenas por ser diferente.

Como dizia a minha vó, "Pimenta no olho dos outros não arde". O preconceito só dói quando é contra nós.

Beijos, Luciana

7

A Laura Bacellar

*Laura Bacellar é editora-chefe das Edições GLS,
selo do Grupo Editorial Summus, de São Paulo.*

Rio de Janeiro, 2 de agosto de 2001

Laura:

Infelizmente não poderei ir ao Sarau de Mulheres.[14] Pena, porque eu tenho alguns textos "quentes" que adoraria poder ler, mas...
Quanto às questões específicas, eu, a princípio, tenho duas. A primeira delas refere-se à GLS. Fui à Bienal do Livro, no Rio de Janeiro, e procurei o estande da GLS. Confesso que só o encontrei porque estava realmente interessada, já que havia uma espécie de biombo na frente da entrada. Entrei, comprei alguns títulos e saí com uma dúvida. No meu entender, a proposta básica da GLS Edições é dar visibilidade à comunidade *gay* e lésbica. O estande na Bienal era um verdadeiro "armário" no qual tínhamos de entrar para poder encontrar as publicações. Achei meio contraditório. Sei que algumas pessoas deixariam de entrar se não existisse o referido biombo, mas acho que muitas entrariam se ele não estivesse ali.
Minha outra questão é a seguinte: uma das exigências para um texto ser publicado por vocês é de que não seja um texto "chororô". Todas as histórias devem ter final feliz. Você não acha que é

uma maneira de "guetificar" os *gays* e as lésbicas como pessoas diferentes das demais, já que nem todos os relacionamentos têm final feliz? Caio Fernando Abreu, por exemplo, tratava os relacionamentos homo e heterossexuais da mesma maneira. Lógico que é uma estratégia de *marketing*, no sentido de construir uma imagem de homossexuais como pessoas bem resolvidas sexual, emocional e financeiramente. Mas essa estratégia não deixa de ser discriminatória, já que nem todos os homossexuais podem se enquadrar nessa categoria. Gostaria que você falasse um pouco a respeito desse assunto.

Aliás, gostaria de agradecer imensamente a você sua atenção. Sei que é difícil encontrar uma pessoa como você que, apesar de ter mil atividades e compromissos, ainda encontra tempo para responder de maneira tão atenciosa e carinhosa a criaturas caras-de-pau como eu (que, aliás, devem ser inúmeras).

Quem sabe no próximo Sarau eu poderei arranjar um tempinho para ir a São Paulo e então conhecê-la pessoalmente para conversarmos mais. (Não é uma ameaça, é uma quase promessa.)

Um abraço, Luciana

8

A Júlio Coutinho

Durante três anos, Júlio Coutinho foi namorado de Gabriela.
Mantém uma relação fria e distante com Luciana.

Rio de Janeiro, 28 de agosto de 2001

Júlio:

Devo lhe informar que cogitei em dizer isso pessoalmente, mas depois, pensando bem, achei que seria melhor fazê-lo por carta, já que sempre me disseram, inclusive sua ex-namorada, minha atual mulher, que eu escrevo melhor do que falo.

Gostaria de lhe dizer que fiquei extremamente decepcionada. Até o dia de ontem tinha de você uma idéia bem diferente da que tenho hoje (bem menos lisonjeira, diga-se de passagem). Pelo que Gabriela me falava de você, achava que não era uma pessoa medíocre e preconceituosa. Estava enganada. Você é como a maioria, que está satisfeita com a idéia de que a sociedade é regida pelo todo-poderoso Falo.

Imagino que você talvez esteja se perguntando o porquê de tantos elogios. Eu explico. Ontem você falou a ela que eu não deveria ter ido na tal reunião de família, ao que ela sabiamente lhe respondeu que, se a irmã foi com o marido, não via por que eu não poderia ir. Seu discurso infeliz me fez perceber que a sua apreensão da situação não atingiu... vamos dizer, o nível ideal. Pense bem: se eu fosse homem, ou melhor, se eu tivesse falo, pênis, e duas bolotas penduradas embaixo, e morasse com ela há quase um ano, mesmo não tendo assinado nenhum papel oficializando a união, com certeza você me consideraria como marido, digno de comparecer a qualquer reunião de família, certo? Mas, como possuo um furo entre as pernas e as duas bolotas são bem maiores e localizadas na parte superior do tronco, creio que sou, na sua opinião, apenas uma amiga com quem eventualmente ela pratica sexo (será que você considera sexo, ou brincadeirinha? Afinal não há penetração... de pênis, bem entendido).

Devo lhe informar que dou graças aos céus pela ignorância de pessoas como você em relação à libido feminina (será que você sabe que ela existe?) e vou lhe contar por que. No Brasil Colonial, havia a visita de inquisidores que aqui vinham com a intenção de julgar os acusados por heresia e outras babaquices do mesmo nível. A homossexualidade masculina era punida com a morte na fogueira ou prisão. Nessa época um tal de Heitor Furtado (um dos inquisidores), simplesmente por não conseguir conceber a realização de sexo sem a presença do Falo (é, ele mesmo), retirou "de sua alçada a *sodomia foeminarum*",[15] para grande alívio e deleite dos "sapatões" da época. Claro! Se não existia sexo sem o falo, não havia possibilidade anatômica da realização de relações sexuais entre mulheres.

No século XIX, mesmo as famílias mais conservadoras aceitavam essas relações (homossexuais), considerando-as, inclusive, compatíveis com o casamento. "Os próprios maridos não se preocupam, nem pensam em reprimi-las."[16] Deviam encará-las como simples brincadeiras que não comprometiam sua honra nem sua linhagem. Que elas se divertissem, coitadas... Afinal, elas precisavam de alguma distração. Mais uma vez, nós mulheres agradecemos a ignorância masculina em relação a nossa sexualidade.

Percebeu alguma relação? É definitivamente hilário perceber que, após cinco séculos, ainda existem pessoas que pensam da mesma maneira que o senhor Furtado. Você é a prova viva disso. Rapaz antenado, se acreditando tão moderno, livre de preconceitos... Que decepção...

Luciana

9

A Tânia Vieira

Rio de Janeiro, 5 de setembro de 2001

Taninha:

Eu estava pensando no que a Laura Bacellar me disse a respeito de as Edições GLS não quererem publicar literatura "chororô", tipo aquela em que os casais homossexuais têm histórias com finais trágicos. Eu questionei esse critério, já que nem todos os relacionamentos hetero ou homossexuais têm "final feliz", ao que ela me respondeu (vou transcrever exatamente a resposta):

> ... as editoras não-*gays* não têm problemas para publicar boa literatura em geral, nem boa literatura *gay* que acabe mal. Elas deixam é de publicar romances – talvez não tão literários, admito, em alguns casos – mas que contribuam para uma imagem positiva das minorias sexuais. Na minha opinião, ninguém nunca vai ser feliz se não conseguir antes imaginar um cenário de felicidade possível.[17]

Aí eu fiquei pensando sobre o assunto, fiquei matutando, e lembrei que a minha mãe me contou que, na década de 1950, ela e uma amiga assistiram a um filme (proibido para menores, é lógico) de temática lésbica. Infelizmente ela não se lembrou do nome do filme, nem das atrizes, mas me contou a história (disso ela se lembrou bem). Era uma aluna e uma professora de um colégio interno que se apaixonavam, só que no final a professora pega a menina no maior flagra, transando com uma colega. A pobre professora, desesperada, se mata. Barra pesada, né? Até pouco tempo atrás (década de 1970, 1980), só podíamos ver histórias escabrosas como essa. Era uma espécie de "pedagogia", mais ou menos no estilo *Lucíola*, de José de Alencar.[18] Lembra? É aquele livro do século XIX, em que a personagem principal, Lúcia, uma prostituta, se apaixona pelo tal de Paulo e tenta se redimir do seu "negro passado". Só que no final ela morre, mostrando bem às donzelas que lessem o apimentado romance o que aconteceria se elas ousassem não se comportar de acordo com os padrões morais vigentes. Pois é. Os filmes, como o que minha mãe viu, funcionavam assim. Provavam por A + B que os *gays* e as lésbicas sempre se "davam mal" no final, por não terem comportamentos considerados "normais", ou seja, serem heterossexuais.

Ok! Eu entendi a Laura. Realmente, devo dizer que é bem agradável poder ir ao cinema hoje e, de mãos dadas com a minha namorada, comendo pipoca doce, assistir a filmes do tipo *Amigas de colégio*,[19] ou *O par perfeito*,[20] que abordam o tema de maneira leve, com personagens que se relacionam sem culpa, sem medo de "ir para o inferno", com pessoas do mesmo sexo.

É uma faca de dois gumes. Ler um livro das Edições GLS, que mostra a vida cor-de-rosa (sem sexismo, com esse papo de "rosa para as meninas"), pode soar falso; por outro lado, é interessante podermos, por alguns minutos, nos projetar em personagens contentes, felizes da vida, com a sua homossexualidade.

Beijos, Luciana

Rio de Janeiro, 30 de setembro de 2001

Taninha:

Caramba! Fiquei impressionada com um artigo que li na internet sobre a homossexualidade nos países islâmicos.[21] No meio de toda a polêmica gerada, após o atentado contra o World Trade Center.

Aliás, aqui eu preciso fazer um parêntese. As pessoas estão tão chocadas com essa violência que se esquecem de que nós estamos em guerra, vivendo no meio da maior violência que, de forma incompreensível, não "dá" muito nos jornais, a não ser, é claro, que morra um montão de gente.

Estou, neste exato momento, aqui em casa, escrevendo para você, ouvindo um tiroteio enorme, em plena tarde de verão. Ouço tiros de diversos tipos. Metralhadoras prolixas matraqueando incessantemente; escopetas porcalhonas cuspindo, de forma barulhenta, seus tiros "arrebenta-parede"; tímidos 38, quase estalinhos de São João, no meio de suas colegas barulhentas; poderosas granadas. É sério. Acabei de ouvir uma granada. E quando está escuro podem-se ver, riscando os céus, aqueles tiros que deixam um traçado vermelho, parecido com os fogos de Ano Novo. Chega a ser bonito, como uma tempestade ou um incêndio. Destruidores, mas muito bonitos. Estou ouvindo o barulho infernal, que cala o resto do mundo, da natureza, pois até os passarinhos emudecem de espanto diante da estupidez do *homo sapiens*. Estou ouvindo e agradecendo a Deus que as minhas janelas dêem para o lado oposto da linha de tiro. Não estou em Kabul. Estou no meio do cabum, mesmo. Em plena cidade do Rio de Janeiro. E, pior, fazendo piadinhas ridículas a esse respeito.

Sim, mas voltando ao assunto, após o tal atentado proliferam artigos sobre os costumes daqueles povos. Em um deles fiquei sabendo que no Afeganistão os homossexuais sofrem uma terrível pena. O julgamento dura minutos, sem direito a advogado de defesa, e a sentença final é dada por Alá. Jogam uma parede, é, uma PAREDE, sobre a criatura e esperam meia hora (é aí que Alá entra na história). Depois, retiram a pobre de baixo dos escombros. Se ainda estiver viva, é sinal de que Alá a poupou. Então ela é levada a um hospital, recebe tratamento médico e é devolvida à família "em desgraça". O que será isso? "Em desgraça"? Provavelmente o cara fica condenado a um ostracismo total.

Quanto às lésbicas, as leis islâmicas são mais condescendentes. Talvez por se tratar de criaturas irracionais, que só servem para procriar e agoniar as pessoas claustrofóbicas como eu, com aquelas horríveis "roupas". No Egito, por exemplo, se elas forem descobertas, na primeira vez levam cem chicotadas em praça pública. Na segunda vez, *idem*. Agora, se reincidirem pela terceira vez, aí sim são mortas.

Aí eu fico pensando... Se eu tivesse nascido lá e presenciasse uma lésbica sendo executada, para mim funcionaria como uma "pedagogia às avessas". Pense bem. Se uma mulher insiste três vezes, já tendo sido punida duas vezes, sabendo o risco que corre, eu sairia do local de execução louca para "experimentar", porque fatalmente eu pensaria que o negócio deveria ser muuuuuuuito bom para valer tal risco.

E o interessante é que quando lemos esse tipo de coisa nos chocamos mais do que ao lermos os processos da Inquisição, em que os homossexuais eram queimados, pois neste caso a distância entre o fato e o dia de hoje é muito grande. Mas a noção de homossexualismo aliado a pecado ainda existe, persiste, através dos anos.

Hoje, as leis nos países ocidentais não permitem a homossexuais que sejam executados, pelo menos não oficialmente, já que de vez em quando vemos em manchetes sensacionalistas, de jornais populares, notícias de homossexuais que são espancados, em alguns casos até a morte. E, se pararmos para pensar um pouco, podemos observar que normalmente os locais onde algumas religiões mais conservadoras possuem uma grande força, uma grande influência sobre as pessoas, a intolerância em relação aos homossexuais é maior. É como se houvesse um Deus muito cruel e mexeriqueiro, que dedicasse a maior parte do seu tempo a vigiar se Fulano vai para a cama com Beltrana ou Sicrano. Essa intolerância gera uma violência muito grande. Se não física, psicológica.

Tenho uma amiga lésbica que cresceu em uma cidade do interior. Ela falou que havia um grupo de adolescentes que a chamavam de "sapatão", aos berros, cada vez que ela passava pela praça. Quando ela me contou isso, me lembrei da novela *Pela noite*, de Caio Fernando Abreu. Pérsio, uma das personagens, desenvolve uma visão da homossexualidade (inclusive de sua própria) como um pecado, uma maldição. Ele e o amigo Santiago comentam sobre o barbeiro da cidade do interior onde eles foram criados. O Seu Benjamin, que se enforcou na figueira da praça, no domingo de Páscoa.[22] A associação entre intolerância e religião fica óbvia nesse texto.

Penso que antes de nos chocarmos tanto com as leis dos países de religião islâmica, precisamos olhar para nossos próprios umbigos e ver que aqui, se não somos executados em praça pública, de acordo com a lei, sofremos outro tipo de violência, mais hipócrita, pois vem disfarçada em discursos de tolerância e convivência pacífica entre as diferenças.

Mas me diz. E aí? Está lendo o livro que eu te mandei? Eu gostei bastante. *Julieta e Julieta* é bem levinho. E, realmente, de vez em quando preciso ler alguma coisa assim.

Beijos, Luciana

Rio de Janeiro, 12 de dezembro de 2001

Taninha:

Sabe o que você me falou? Do medo? É... fico pensando se um dia estas cartas fossem publicadas...

Para mim, um dos grandes baratos da literatura é o jogo. Sabe aquele papo de "qualquer semelhança com fatos ou pessoas da vida real teria sido mera coincidência"?

Foi publicado este ano, na França, um livro intitulado *La vie sexuelle de Catherine M.*, de Catherine Millet, que, segundo Eugênio Bucci, é "um *best-seller* de enrubescer os(as) atendentes de livraria".[23] A autora é uma senhora de 53 anos, crítica de arte conceituada, de vida discreta e irrepreensível. Agora publicou esse livro que foi um verdadeiro escândalo, pois a personagem principal leva a vida na maior "putaria". É um livro "assumidamente autobiográfico".[24] A mulher é o máximo. Ela joga com o voyeurismo de maneira deliciosa. No final das contas, todos ficam com cara de besta diante da possibilidade de esse depoimento ser ficção, ser apenas uma jogada de *marketing*. E, para falar a verdade, todos lêem o livro avidamente e não se incomodam se é ela ou não. Apenas a possibilidade apimenta a história e aguça a curiosidade. Na verdade, acho que todas as pessoas, na nossa sociedade ocidental, têm um "Q" de *voyeurs*. Todos adoramos saber particularidades dos outros, invadir as suas privacidades. Biografias, autobiografias, romances epistolares, sempre tiveram boa receptividade do público. E nestes dias proliferam os "shows de Truman", programas de TV do tipo "No limite", "Casa dos artistas", "Big Brother" e outros, em várias partes do mundo. A bisbilhotice está, mais que nunca, na moda. É lógico que o público sempre vai questionar se é "armado" ou não, se é "verdadeiramente real", e o próprio questionamento aumenta ainda mais o Ibope.

Me lembrei agora de um conto de Ignácio de Loyola Brandão[25] chamado "Obscenidades para uma dona-de-casa", no qual uma mulher recebe cartas pornográficas de "um admirador secreto" e as guarda no fundo de uma cesta daquelas de Natal, sabe? Pois é. Ela passa o conto inteiro se debatendo entre o "asco" e o prazer que as cartas lhe dão. No final, descobrimos que é ela mesma quem as escreve. Não acho de todo improvável que existam pessoas que façam esse tipo de coisa, principalmente nos dias de hoje, quando muitos estão se sentindo tão solitários. Agora, já imaginou se essa mulher morre e as cartas são descobertas pela família? Com certeza imaginariam (tirando a caligrafia, é lógico) que ela realmente tinha um tarado como admirador.

Quanto às minhas cartas, se um dia fossem publicadas, eu sempre poderia dizer: "Mas é apenas ficção". E me divertiria horrores vendo a cara das pessoas me olhando de lado, tentando ler nas minhas "entrelinhas" se é verdade ou não. Já pensou? Todas observando o tamanho das minhas unhas, se uso batom ou não, se calço salto alto e outros detalhes que pudessem denunciar o fato de uma mulher que até já teve filhos ter "virado" sapatão. Ficariam confusas, uma vez que esses detalhes não querem, na verdade, dizer nada. É definitivamente muuuuito engraçado.

E voltando à sua pergunta, se tenho medo de que minhas cartas, um dia, sejam publicadas. Tenho medo é de que isso nunca venha a acontecer.

Beijos, Luciana

10

A Marina Lopes

Mãe de Luciana. Mudou-se para o interior de São Paulo em 2000.

Visconde de Mauá, 7 de janeiro de 2002

Mãe, tenho saudades!

Hoje eu vi, do fundo do terreno, um pôr-de-sol cheio de nuvens, em vários tons de rosa, pinceladas em um céu tão azul. Acho que todos os passarinhos e cigarras da cidade estavam cantando, se despedindo do dia. O "Rio das Trutas" (nome que as crianças deram), que passa atrás da casa, fazia aquele barulho constante, que às vezes é triste, às vezes calmo, às vezes alegre. Nenhum carro passando na estrada, levantando aquela poeira fina e insistente. Tudo calmo, perfeito. A Leila, sentada ao meu lado, parecia que também admirava a cena, quieta, imóvel. Companheira constante, com os pêlos amarelos, brilhando naquele resto de sol.

Meus olhos se encheram de lágrimas. Pensei no "Pôr-do-sol de trombeta", lembra, mãe?

Por que a vida é assim? Estou aqui, neste lugar maravilhoso, com a minha mulher, minhas crianças, meus bichos, trabalhando como nunca, mas sinto muito a sua falta. Seu colo, seu carinho, sua cabeça tão boa, clara, iluminando todas as minhas dúvidas, meus medos, minhas inseguranças.

Te amo, mãe.

Quando você vem nos ver? Vem aqui mexer na terra comigo, sentir o cheiro dela, molhada pela chuva recente e generosa (até demais nesta época do ano), vem ver a horta de mil cores, mil sabores e vitaminas, o cheiro enjoado do jasmim-do-cabo que você me deu e eu plantei com todo o amor, na frente da varanda. Sempre que eu deito na rede e sinto o perfume forte, me lembro de você.

Plantei uma muda de *flamboyant* bem no portão da frente. É tão pequenininho ainda e dá uma segurança enorme saber que quando ele estiver alto, espalhado de flores daquele vermelho obsceno, nós ainda vamos estar por aqui. É muito legal vir, a cada fim-de-semana e notar as mudanças que ocorreram em cinco dias. Agora que estamos aqui direto, nas férias das crianças, não dá para perceber muito isso. Engraçado, né? Acho que a proximidade, o acompanhamento constante nos deixa meio míopes.

Este tempo aqui trouxe novidades. Tive umas idéias para a minha dissertação (depois te conto), aprendi a fazer a tal geléia de tomate. Uma delícia, além de ficar muito bonita, quando espalhada no pão. Huuummm. O dente da Clara caiu. Ela guardou num porta-jóias para te mostrar. O Arthur finalmente consentiu em tirar as rodinhas de apoio da bicicleta. Está andando muito bem. De vez em quando dá a impressão de que todas as crianças da redondeza se juntam aqui para brincar e infernizar os cachorros.

No mais, tudo bem. Estamos todos de "bochechas vermelhinhas", do jeito que você gosta.

Beijo enorme em você e no povo aí. Clara, Arthur e Gabriela também mandam beijos.

Saudades, Luciana

11

A Italo Moriconi

Orientador de Luciana, no curso de mestrado em Literatura Brasileira. Luciana vive dizendo que ele é o "grande culpado" por ela estar fazendo o curso, já que foi seu grande incentivador desde a época em que fazia especialização, na mesma área.

Rio de Janeiro, 23 de fevereiro de 2001

Meu orientador predileto:

No dia em que te encontrei, no meio da Banda do Leme, senti, pela primeira vez, desde aqueles longínquos primeiros tempos, uma enorme incomunicabilidade entre nós. O motivo simples: eu, completamente de porre, você, absolutamente sóbrio. Total descompasso.

A orientanda que sempre fui apareceu, ajudada pela bebedeira, em sua total plenitude, sem máscaras, sem rapapés. Mostrou sua verborragia descontrolada, sua furiosa afetividade e depois explodiu em inseguranças e incertezas.

E você, como orientador que sempre foi, sóbrio, em todos os sentidos, como sempre se mostrou a mim, cumpriu o seu papel: o de olhar, tentar entender aquilo tudo e estancar minha hemorragia emocional.

Descompasso por quê, então? É porque a minha sobriedade garante a presença de um mínimo de censura, que se retirou totalmente com o tsssss do abrir da sexta latinha de cerveja. É esta censura que garante a minha comunicação com você. Aliás, com quase todas as pessoas. Eu acho que a minha afetividade exagerada as assusta. Elas têm medo de não dar conta. Com a Gabriela, no começo, também foi assim. Só que elas não sabem que o gostar demais que eu sinto também se basta, me alimenta, me faz viver muito mais. É o sangue italiano borbulhante, não como vinho. É antes um champanhe... quente.

Depois da situação em que te abracei, tasquei uns beijos nas tuas bochechas e disse que te amava, saí rapidinho, mas antes, explicando o que não precisava, disse, com uma língua que pesava dez quilos, arrastando, cansando minha voz: "Estou bêbada, viu?"

O pior foi depois. Fiquei pensando que você não tem a menor possibilidade de não estar me achando ridícula e de continuar levando a sério as coisas que eu escrevo. Ou não...

Será que quando você bebe também solta tudo o que existe dentro de você? Os sentimentos bons e ruins? Será que também "paga mico"? Nem consigo imaginar. Você é tão sério, tão contido...

Um beijão (sóbrio) da sua orientanda predileta

12

A Maria Auxiliadora Cintra

Professora aposentada, indicada a Luciana, por seu orientador. Pesquisadora da área de estudos lésbico-feministas. As duas estabelecem uma relação de amizade e, mediante intensa correspondência com Maria Auxiliadora, Luciana vai ter a oportunidade de desenvolver e trocar idéias sobre a sua dissertação de mestrado.

Rio de Janeiro, 18 de junho de 2002

Professora doutora Maria Auxiliadora:

Meu nome é Luciana. Faço mestrado em Literatura Brasileira. Meu orientador, professor doutor Italo Moriconi Jr., indicou seu nome como referência nos estudos lésbico-feministas. Consegui seu e-mail na internet e resolvi arriscar lhe escrever.

Estou em fase de elaboração de dissertação na qual trabalho a representação das lésbicas na literatura brasileira contemporânea. Estou focando a minha pesquisa em cima de textos muuuuuito distantes dos canônicos.

Gostaria de poder conversar com a senhora, pois tenho certeza de que seria bastante enriquecedor para mim. Se possível, pessoalmente, mas, se for melhor para a senhora, por telefone ou e-mail mesmo, como preferir.

Sei que estou sendo meio cara-de-pau, mas graças a ela iniciei um proveitoso diálogo com Vange Leonel, Laura Bacellar, Danda Prado e outras.

Desde já agradeço sua atenção.

Um abraço, Luciana

Rio de Janeiro, 23 de junho de 2002

Maria Auxiliadora:

Adorei a nossa conversa ontem. É muito bom ter descoberto em você uma interlocutora curiosa e interessada. Você não faz idéia de como esta troca está sendo proveitosa para mim. Nossa correspondência será uma maneira de eu organizar as minhas idéias. E eu preciso disso.

Fico pensando no porquê das pessoas se sujeitarem a uma situação como esta: escrever uma dissertação de mestrado. É desumano. O estresse, a pressão, a preocupação com o prazo... Estava conversando com uma menina que também está escrevendo a dissertação e ela me disse que se lembrou de alguém (não sabe ao certo quem) que comparou a inspiração a um cachorro bem grande, que fica sentado atrás da gente, tomando conta da nossa produção. Se a gente olha para o lado, ele rosna. Se a gente levanta, ele avança. É exatamente assim que estou me sentindo. O tempo, um enorme cachorrão, está me vigiando 24 horas por dia, e se eu penso em ir a um cinema, jogar Banco Imobiliário com a Gabriela e as crianças, ou qualquer outra coisa para relaxar, sinto a culpa me invadindo. Aí, obediente, volto para minha leitura, meu estudo.

O tempo urge e ruge tão alto que hoje me acordou às três e meia da manhã e não me deixou dormir mais. Cada vez que eu fechava os olhos, elas começavam. As idéias. Pululavam, fervilhavam, querendo sair a qualquer custo. Mas eu, mais uma vez, as retive. É como se fosse um "alarme falso" em finalzinho de gravidez. Eu sei que elas ainda não estão prontas. Quando eu "entrar em trabalho de parto", será definitivo. Só consigo escrever assim, de uma vez só. Na verdade elas até passeiam por minha correspondência, brincam com as idéias das pessoas com quem converso, se divertem, depois voltam obedientes ao seu lugar. A minha cabeça. Mas elas estão começando a ficar indóceis...

Portanto, ao me propor que eu lhe escreva com regularidade, falando das minhas idéias, você está, na verdade, me fazendo um enorme favor.

Penso que devo, em primeiro lugar, lhe falar do "conteúdo", do tema que pretendo pesquisar. Ao decidir que na minha dissertação trabalharia a "literatura lésbica" contemporânea no Brasil, fui buscar livros com essa temática. Me deparei, então, com determinada "proposta" que, confesso, à primeira vista, me pareceu completamente surpreendente e despropositada. Era uma literatura que tinha um objetivo ideológico bem claro: fornecer um modelo positivo de identificação para o homossexual, mais especificamente para *a* homossexual. Mais tarde, pude verificar que esses livros não intentam dar um modelo, e sim, diversos modelos que permitam a identificação dos mais variados tipos de mulheres homossexuais.

Intrigada, me aprofundei mais nessa proposta e concluí que ela, a princípio absurda, procedia. Vi que a escolha de um modelo de narrativa mais simplificado, encontrado em alguns textos escolhidos por mim, tinha uma razão de ser. Pelo fato de estarem impregnados de uma ideologia, por ser uma proposta política, em que "o privado é público", vi que o que essa "simplicidade" busca é atingir a um grande número de leitores. Aliás, o maior número possível.

Senti uma simpatia muito grande por essa proposta, para não dizer afinidade. Na verdade, sempre me incomodou o fato de os pesquisadores se dedicarem durante anos a determinada pesquisa, perderem horas preciosas de contato com a família e os amigos, ganharem olheiras profundas e noites brancas, estresse, quilos extras por ansiedade etc. No final, escrevem e defendem suas dissertações e teses que ficam, invariavelmente, confinadas às bibliotecas universitárias e aos bancos de teses, aguardando que um próximo pesquisador do mesmo tema as consulte, após retirar a fina camada de poeira que, provavelmente, as estará recobrindo. Claro que existem exceções, mas, infelizmente, na maioria das vezes é assim. Além disso, os textos possuem, por tradição, uma linguagem hermética, quase incompreensível para as pessoas "de fora" da Academia.

Eu, definitivamente, espero que esse não seja o destino da minha dissertação. Por isso, acompanhando, de certa forma, a proposta do tipo de texto que pretendo estudar, estou pensando em tentar escrevê-la em um formato mais leve, mais instigante que o usual. Gostaria de mostrar a "humanidade" do pesquisador, seus processos de descoberta, as mudanças de opinião, à medida que a pesquisa avança, os medos, as angústias, o cansaço, enfim, fazer uma exposição visceral do trabalho de criação e escritura. Só não sei ao certo que estratégia utilizarei, mas pretendo descobrir.

Muito bem, eu fiz uma espécie de roteiro para me guiar e não me perder, desenvolvendo demais alguma questão, em detrimento de outras não menos importantes.

Pretendo levantar as estratégias utilizadas pelas autoras que vou trabalhar para inserir, no discurso, a imagem da lésbica. Os textos escolhidos intentam criar um "modelo de identificação positivo" para as lésbicas.

Temos também outras questões envolvidas, todas polêmicas e insolúveis. Uma das principais seria a eterna briga entre duas vertentes teóricas a respeito do homossexualismo, ou melhor, da "identidade homossexual". A primeira diz que o assumir-se homossexual é se inscrever em um discurso classificatório, incorporando a idéia de que o mundo é dividido em sistemas binários – homem/mulher, homossexual/heterossexual, masculino/feminino, ativo/passivo –, o que, por si só, é um reforço de questões como a de gênero. A outra vertente diz que se os homossexuais não se nomearem, a sociedade o fará, e da maneira como melhor lhe convier (já dizia Cassandra Rios que "a sociedade rotula o homossexual como cachaça de macumba, não como uísque"[26]), além do que não podem lutar por direitos civis se não existirem e só existem se estiverem insertos no discurso. São os dois lados da mesma moeda, uma faca de dois gumes.

Uma terceira questão importante é que os "textos *lesbian pride*",[27] ou seja, textos que tentam fazer as leitoras sentirem orgulho e não vergonha de sua homossexualidade, são totalmente marginalizados pela Academia. Aliás, seria melhor dizer menosprezados, pois o termo "marginalizado" confere certo *status* à obra, o que, realmente, tais textos não possuem. Entra aqui em cena a velha questão dos cânones literários, a alta literatura, a baixa literatura, a paraliteratura, a literatura de massa, tão desmerecida e desvalorizada no campo dos estudos literários, tão interessante para as Ciências Sociais e para a Comunicação, já que são esses os textos que atingem a um público maior e têm, assim, maior possibilidade de mudar (pre)conceitos cristalizados no imaginário popular.

São questões insolúveis, já que há várias linhas de pensamento irreconciliáveis a respeito delas. Mas não pretendo encontrar respostas, apenas apontar essas questões.

Uma amiga me emprestou um texto de um professor de Estética chamado (o texto, não o professor) *Ícaro e a metafísica – um elogio da vertigem*[28] no qual ele fala da diferença entre Dédalo e Ícaro. Enquanto o primeiro tentou voar com um objetivo concreto, o segundo o fez apenas pelo prazer da sensação de vertigem. É a Filosofia, que não formula perguntas, pois estas demandam respostas, mas questões, que apenas nos levam ao prazer de pensar. Eu me sinto assim, como um Ícaro que está não em uma busca, mas em um vôo vertiginoso sobre as questões que, no início, pensei se tratar de perguntas.

O *corpus* do trabalho é o seguinte:

a) *As sereias da Rive Gauche*, de Vange Leonel;
b) *Preciso te ver*, de Stella Ferraz;
c) *O último dia do outono*, de Valéria Melki Busin;
d) *Julieta e Julieta*, de Fátima Mesquita;
e) *O poço da solidão*, de Radclyffe Hall.

Bem, como havia lhe prometido, este foi um resumo (escrito às pressas) das questões que estou querendo levantar na minha dissertação.

Quero afirmar, mais uma vez, como a sua recepção e seu interesse estão sendo importantes para mim.

Mais uma vez obrigada.

Um abraço, Luciana

13

A Tânia Vieira

Rio de Janeiro, 23 de junho de 2002

Taninha:

Você nem imagina o que aconteceu. O Italo havia indicado o nome de uma professora que é fera nos estudos lésbico-feministas. Procurei, então, seu e-mail na internet e consegui contato com ela. Foi superatenciosa comigo, me deu o telefone. Ontem à noite eu liguei e conversamos muito sobre meu projeto e até sobre a minha vida, a Gabriela, as crianças, a casa em Visconde. Parece que nos conhecemos há muito tempo. Ela me pediu um resumo das minhas idéias. Pois bem, eu mandei o tal resumo e ela me escreveu dizendo que achou muito interessante. Ela está aposentada e me propôs que eu vá mandando o desenvolvimento da minha pesquisa para que ela possa ler e fazer comentários e sugestões.

Estou superanimada com essa oportunidade, sabe por quê? Estou bloqueada. Não consigo escrever uma linha sequer e tenho prazo apertado. Sento, começo a delinear as idéias, mas não sai nada. E o pior é que estou há dias com a dissertação pronta na minha cabeça. Só não consigo colocar no papel, organizar os pensamentos.

Vamos ver se escrevendo para ela consigo me desbloquear.

Desculpe, amiga. Sei que estou um porre. Só falo em dissertação, o tempo todo, mas juro que vai passar. No outro dia uma amiga minha, que já defendeu a dissertação dela, me garantiu: só existe vida após a defesa. Acredito piamente.

Beijos, Luciana

14

A Maria Auxiliadora Cintra

Rio de Janeiro, 30 de junho de 2002

Dora (é estranho chamá-la assim, com essa intimidade, já que nem nos conhecemos pessoalmente, mas você insistiu. E realmente Maria Auxiliadora soa tão formal...): Este é o trabalho que posso considerar como "embrião" da minha dissertação. No final há uma explicação melhor.

As identidades homoeróticas na literatura:
de Hadclyffe Hall a Aretusa Von

Neste estudo comparativo, pretendo analisar a (des)construção da identidade homoerótica em três textos: *O poço da solidão*, da escritora inglesa Radclyffe Hall, publicado em 1928; o conto "Aqueles dois", de Caio Fernando Abreu, publicado no livro *Morangos mofados*, em 1982; e o conto "Triunfo dos pêlos", de Aretusa Von, publicado no livro homônimo, em 2000.

Pelo contexto político, Radclyffe Hall fez parte de uma segunda geração de feministas lésbicas, nascidas nas últimas décadas do século XIX, denominadas "desviantes" num contexto social e histórico pautado no sexo fálico, no ideal vitoriano da mulher passiva e assexuada, confinada à atividade reprodutora.[29]

Hall era lésbica militante, se vestia com roupas masculinas e auto denominava de "*inverted*" (invertida).

Ao escrever *O poço da solidão*, ela teve uma intenção ousada. O livro foi escrito "com o firme propósito de combater o preconceito contra homossexuais, foi o primeiro romance a apresentar uma heroína lésbica de bom caráter".[30]

Segundo o professor Flávio Carneiro, para os modernistas "havia uma luta, havia algo a ser combatido",[31] e, ainda, que há, no modernismo, "algo de missionário".[32]

O poço da solidão tenta ser isso mesmo: missionário. Não no aspecto formal do texto, na quebra de uma estrutura tradicional, pois "seu estilo era terrivelmente conservador [...] em pleno desabrochar do modernismo",[33] mas no sentido de dar ao texto, como "missão", a responsabilidade de suscitar uma transformação do pensamento social em relação aos, como ela, "invertidos", ou seja, os homossexuais, proporcionando-lhes maior visibilidade e colocando-os como pessoas de bom caráter, que sofrem por sua falta de aceitação, sua marginalização. E é justamente o preconceito, o "algo a ser combatido". A heroína é também mártir, já que se sacrifica para evitar que sua amante continue sofrendo, por manter uma relação "anormal".

O romance é a história de Stephen Gordon, uma moça com nome de homem, criada pelos pais como um rapaz. Mas, se por um lado, estes poderiam ser indícios de que sua "condição homossexual" seria explicada pela sua formação cultural, na sua descrição física vemos que não. Stephen nasce como um "pequeno girino de bebê, quadris estreitos, ombros largos".[34] Quando crescer "(E)la terá mãos e pés grandes, seios pequenos, feições 'masculinas'. Terá flancos magros e musculosos, boa coordenação física e será capaz de argumentos racionais".[35] (!!!) Ela inspira, desde bebê, aversão à mãe, que a vê como uma espécie de aberração e "odiava a maneira de Stephen andar ou ficar parada, certo ar de grandalhona, certa falta de graça em seus movimentos...".[36] Ou seja, desde que nasce ela é diferente. Hall acreditava no discurso da "inversão", que "pregava uma identidade fixa, dada pela natureza, que precisava ser compreendida".[37]

Stephen, quando criança, desenvolve uma paixonite por uma das criadas da família, paixonite esta não compreendida por ela própria. Quando cresce, ela se apaixona por uma vizinha e chega à conclusão de que, "se ama uma mulher como um homem o faz, é porque ela não é uma mulher".[38] Tendo sua "condição homossexual" descoberta pela mãe, logo após a morte do pai, Stephen é expulsa de casa e vai viver em Londres, onde começa a escrever. Quando explode a Primeira Guerra Mundial, ela vai trabalhar como motorista de ambulância na "The London Ambulance Column". E é neste local, bem no meio da guerra, que Stephen vai encontrar outras, muitas, iguais a ela. Aguardando os feridos nas estações de trem para transportá-los até os hospitais,

> ... via figuras inconfundíveis – inconfundíveis à primeira vista, distinguindo-as por instinto na multidão. Pois, como se ganhassem coragem do terror que é a guerra, muitas iguais a Stephen arrastaram-se de seus buracos e surgiram à luz do dia. Surgiam à luz do dia e encaravam seu país: "Bem, aqui estou, vai me aceitar ou vai me deixar de lado?". E a Inglaterra as aceitou, sem fazer perguntas. [...] A Inglaterra dissera: "Muito obrigada. Vocês são justamente o que desejávamos... neste momento".[39]

Nesse trecho, podemos perceber, claramente, a amargura de Hall ante a falta de aceitação social e, por outro lado, uma crítica ácida à hipocrisia diante da aceitação, quando foi do interesse do país.

Nessa Unidade, Stephen vai conhecer Mary, que será sua mulher por vários anos, até que a heroína/mártir, vendo o sofrimento da companheira por não ser aceita socialmente, não poder levar uma vida "normal", não poder ter filhos, a entrega aos braços de um homem.

Completamente só, angustiada e infeliz, Stephen se dirige a Deus, dizendo: "Então, levante-se e nos defenda. Reconheça-nos, ó Deus, ante o mundo inteiro. Dê-nos o direito de existir!".[40] E com a súplica acaba-se o romance.

Este livro é polêmico, desde sua publicação até os dias de hoje. Em 1928, ano em que foi publicado na Inglaterra, foi "julgado" e "condenado", considerado obsceno. Teve seus exemplares apreendidos e queimados nos porões da Scotland Yard. A sua proibição no Reino Unido durou até 1948.

Embora isso tenha acontecido, ou, quem sabe, por esse motivo mesmo, *O poço da solidão* "tornou-se conhecido como 'a Bíblia do lesbianismo'".[41] Com sua leitura, "(M)uitas pessoas aprenderam pela primeira vez que relações sexuais entre mulheres eram possíveis".[42] Apesar de ter proporcionado essa visibilidade, na relação entre Stephen e Mary, vemos reproduzida a relação heterossexual do modelo patriarcal falocêntrico. Enquanto ela, Stephen, a invertida, possui características consideradas masculinas, como força física, corpo másculo, raciocínio lógico etc., Mary é a mulher "verdadeira", que cuida da casa, cerze as meias, cuida das roupas de Stephen, possui instinto maternal etc. A dicotomia de gênero homem/masculino × mulher/feminino é reforçada na medida em que Stephen seria mulher/masculino e, por isso, considerada "invertida". Esta palavra já indica bem a existência de uma posição correta, à qual qualquer outro modelo seria a oposição, a inversão, a desordem.

Tania Navarro-Swain, em seu livro *O que é lesbianismo*, diz, referindo-se à proibição de *O poço da solidão*: "Nada menos obsceno que este romance no qual a sexualidade é apenas discretamente sugerida e o 'bem', o 'normal' e a ordem heterossexual triunfam".[43]

Em busca da aceitação social, Hall "tira sua linguagem e idéias de todo um conjunto de trabalhos teóricos escritos por sexólogos ingleses e europeus durante o meio século anterior [...] Todos enfatizaram as origens congênitas da orientação sexual".[44] Ou seja, organiza o seu "libelo", baseada em estudos científicos, na tentativa de provar que a identidade homoerótica é nata, logo, natural, e, por conseguinte, é uma imensa injustiça social a não-aceitação de "criaturas tão infelizes". Como se a sociedade excluísse, de maneira violenta e irrevogável, uma pessoa que tenha nascido sem um braço. Porque é exatamente isso. Para Hall, a homossexualidade deve ser aceita e compreendida, não pelo respeito às diferenças individuais, mas por serem um "defeito de fabricação".

O poço da solidão foi publicado

... num momento histórico e político em que a família burguesa já era o modelo difundido e em que a pureza social ainda era o discurso em pauta. Apesar de sustentar dicotomias e estereótipos essencializados, no que se refere ao sexo e ao gênero, em relação à sexualidade a autora parece ter contribuído para uma relativa desconstrução do modelo heterossexual, enfrentando-o publicamente, através de sua obra, enquanto referencial único da sexualidade.[45]

A partir de sua leitura, muitas jovens, que poderiam se sentir únicas, solitárias, em seus "bizarros" desejos homoeróticos, descobriram que não eram tão solitárias assim. Vamos, agora, passar de 1928 para 1982. Não podemos ignorar, no entanto, que, no meio desse trajeto, vivemos imensas transformações sociais, culturais e políticas, que vão sendo acompanhadas pela literatura. No Brasil do início do século XX, no quadro da arte homoerótica, vivemos o "predomínio de homotextos breves, sobretudo contos [...] em geral, isolados nas obras dos escritores. Predomina o silêncio sobre a problemática e, quando visível, persiste a afirmação de estereótipos risíveis ou de imagens do desejo homoerótico como algo impossível, destinado ao fracasso".[46] Surge, nessa época, uma nova figura da identidade homoerótica, o culpado "marcado por uma forte angústia religiosa e/ou existencial, que gerou uma linhagem de relevância".[47] *O poço da solidão* se aproximaria desse modelo, embora tente excluir a culpa, baseada na idéia de "naturalidade".

Nos anos de 1960, finalmente começam a surgir, na literatura brasileira, personagens *gays* em textos que misturam "as questões de sexualidade com as mazelas sociais, econômicas e políticas de um país que implementa cada vez mais um projeto modernizante excludente, às sombras de um regime autoritário".[48] Nesse momento é publicada a primeira coletânea de contos que, embora não trate apenas dessa temática, privilegia a questão *gay*: *Histórias do amor maldito*, de 1967, organizada por Gasparino Damata. Este livro será muito importante, já que "expõe dramas humanos onde se coloca o problema da legitimidade existencial ante estruturas convencionais"[49] e questiona a existência, no futuro, de amores malditos, ou, quem sabe, de nenhum tipo de amor. Nessa nova narrativa não há "a intervenção de discursos pseudocientifizantes"[50] que buscam "justificar" uma "condição anormal". Encontramos aí, bem como na década de 1970, as pessoas impedidas de falar sobre política, de maneira aberta, pelo Golpe de 64. Ora, elas então "contornavam essa dificuldade, discutindo-a através de outras formas, e nada mais justo que elas dissessem respeito ao corpo, a vítima de torturas, espancamentos, maus-tratos e violências".[51] Nessa época, os movimentos feministas e homossexuais são os únicos espaços onde se denuncia a repressão do prazer como manipulação política do homem. Chegamos a 1982, e, quando

as energias utópicas e rebeldes que agitaram os anos 60 e parte dos 70 começam a perder força, um horizonte pós-moderno constituído e interpretado por desejos e identidades homoeróticas emerge. Paisagens entre a melancolia e a alegria possível, a deriva sexual e o temor da AIDS, a solidão e a ternura, a desterritorialização e a busca de novos tipos de relações. É nesse sentido que pode ser entendido o melhor da obra de Caio Fernando Abreu.[52]

A utopia, os grandes projetos do modernismo vão dar lugar às questões particulares, individuais. O homem pós-moderno, em vez de se ligar às grandes causas, vai cobrar do sistema eficiência na administração dos serviços que garantam um cotidiano confortável. "Se a modernidade teve intensa mobilização política (duas guerras mundiais, revoluções, guerras anticoloniais), a pós-modernidade se interessa antes pelo transpolítico: liberação sexual, feminismo, educação permissiva, questões vividas no dia-a-dia."[53]

"Caio e outros escritores, seguindo uma tendência da década de 80, partem do individual, não querem fazer romances painéis, mas dar vôos rasantes e determinados em cima de pequenos temas."[54]

Ao contrário de *O poço da solidão*, em que tudo é grandioso, os cenários, grandes campos, fazendas, florestas, guerras etc., "Aqueles dois" é uma história que segue o modelo da crônica. De um acontecimento do cotidiano, extrai reflexões sobre a vida, o amor etc. A história se passa no dia-a-dia de uma firma (mais corriqueiro impossível), onde dois rapazes trabalham, se encontram e "reconhecem".

Segundo Linda Hutcheon, o pós-modernismo "busca afirmar a diferença, e não a identidade homogênea",[55] indo de encontro ao projeto de igualdade do Iluminismo no mundo burguês, no qual

a igualdade passou a ser entendida sobretudo em termos de *norma*, o que condena irremediavelmente qualquer diferença a um estatuto de marginalidade e monstruosidade, cuja mera existência se converte assim numa transgressão. Mais ainda, mostra como a sociedade burguesa não consegue pensar esses indivíduos marginalizados senão reduzindo-os artificialmente a coletividades, isto é, considerando-os única e exclusivamente a partir do ponto de vista de sua negatividade frente à norma social.[56]

Se Stephen constitui uma identidade invertida, em contraponto a uma identidade "normal", Raul e Saul não representam uma identidade que se opõe a algum referente. Representam, antes, a diferença, o ex-cêntrico (nas palavras de Linda Hutcheon[57]) que assume "uma nova importância à luz do reconhecimento implícito de que, na verdade, nossa cultura não é o monolito homogêneo (isto é, masculina, classe média, heterossexual, branca e ocidental) que podemos ter presumido".[58]

É interessante notarmos que, embora o conto se chame "Aqueles dois", a palavra "aqueles" indicando que eles são os que estão "fora", são eles as personagens centrais, sendo todo o resto apenas "sombras", o que reafirma a sua condição de ex-cêntricos, diferentes, mas não piores, muito pelo contrário, já que os outros são os que permanecem na firma que mais parecia "uma prisão ou uma clínica psiquiátrica".[59] Cabe aqui destacar que o espaço onde se encontram os "normais" (os outros funcionários do escritório) é comparado pelos dois a locais onde são colocados os marginalizados, os bandidos e os loucos em uma curiosa inversão de valores, o que desconstrói, esfacela de vez, as noções de anormalidade e normalidade.

Surgem as "tribos" que afirmam e confirmam sua existência e cujos membros se reconhecem por gostos, roupas etc., bem em conformidade com a nossa sociedade midiática. Raul e Saul vão se "reconhecer" por um filme que Saul viu na TV: "Por educação [...] Raul [...] perguntou: que filme? Infâmia, Saul contou baixo [...] um filme muito antigo, ninguém conhece. Raul olhou-o devagar, e mais atento, como ninguém conhece? Eu conheço e gosto muito".[60]

Seguindo essa esteira do estabelecimento e reconhecimento das diferenças, vemos aqui a dissolução da dicotomia sexo/gênero, quando são atribuídos a Raul e Saul comportamentos considerados "normais" para homens e se apaixonam um pelo outro. Caio afirmou, em uma de suas entrevistas: "não acredito em homossexualidade ou heterossexualidade, acredito em sexualidades. A sexualidade humana é muito ampla e pode se realizar de mil maneiras diferentes".[61] Neste conto, assim como em toda a sua obra, ele não afirma a homossexualidade como algo alegre e prazeroso. Não exalta o homossexualismo, muito menos o "denigre", simplesmente afirma, ou antes, confirma a existência de relações sexuais entre pessoas do mesmo sexo, como uma das formas de realização da sexualidade humana. Assim como sempre tentou desvincular a sua literatura de um rótulo (literatura *gay*), tenta fazer a mesma coisa com a própria categorização que cria a distinção entre homossexualidade e heterossexualidade, distinção sobre a qual se apóia a existência mesma de rótulos, de identidades fixas.

A noção do indivíduo, da identidade do modernismo é substituída, assim, pela diluição dessa identidade. A singularidade do homem é frágil, os nomes parecidos, Raul/Saul, fazem com que os confundamos, denunciando a fragilidade.

Neste conto de fadas subvertido, que não começa com um "Era uma vez...", mas termina dizendo que os outros foram "infelizes para sempre", podemos notar que

> (F)ace aos cansaços pós-utópicos, mas ao mesmo tempo dentro desse espaço, a obra de Caio Fernando Abreu representa uma frágil possibilidade de leveza, do sim, em meio a tanta dor e indiferença, de encontros em meio a tantos desencontros, de estórias que digam respeito a um mundo tão pleno de informações e carente de sentidos.[62]

Reforçando a idéia de diluição da identidade fixa, chegamos ao ano de 2000, quando é publicado um conto da escritora pouco conhecida Aretusa Von, "Triunfo dos pêlos", no livro homônimo, que é uma coletânea de contos publicada pelas Edições GLS. Como o personagem Orlando, da obra homônima de Virginia Woolf,[63] que transita entre os dois sexos biológicos, a narradora protagonista acorda homem, mas não age de acordo com o novo corpo, como poderíamos esperar. Ela circula por todas as identidades sexuais. Ao acordar homem, não se espanta absolutamente com o fato. Encara-o com toda a naturalidade. "E hoje, como todos os dias, levanto-me da cama com a minha camisola desbotada para fazer xixi. Mas, em vez de sentar-me no vaso com as calcinhas arriadas como sempre, saco para fora um pênis de fazer inveja ao mais bem dotado ator de filme pornô."[64] No desenrolar da história veremos a personagem se relacionar sexualmente com homens e mulheres, exercendo os mais variados "papéis" sexuais, sempre com naturalidade.

Se o conceito de gênero é mutável, o próprio corpo biológico também o é. Estamos na era de todas as possibilidades tecnológicas e científicas, quando se pode "mudar de sexo" mediante cirurgias e outras técnicas. Esse procedimento já é comum, há algum tempo, para transformar homens em mulheres, mas hoje é possível o inverso. As mulheres podem recorrer aos hormônios, a cirurgias como mastectomia, histerectomia, plásticas e enxertos e, depois de todos os procedimentos, levam uma vida sexual normal e saudável... como homens. O mais interessante disso tudo é que após a transformação muitas mulheres começam a se interessar sexualmente por homens. "Ou seja, tornam-se homens *gays*. Como prova de que uma mudança assim não é tão incomum, até mesmo um termo específico já foi criado para elas: *transfags* – algo como transbichas."[65] O que diria Hadclyffe Hall se pudesse se deparar com elas/eles?

Podemos concluir que todos os conceitos de gênero e identidade que o homem moderno havia formulado em seu pensamento monolítico, todas as suas certezas, suas crenças, ficam completamente destituídos de sentido diante deste homem(?) do século XXI.

E, como disse Vange Leonel, dirigindo-se àqueles que estranham essas mudanças, "É melhor irem se acostumando. Cada vez mais a ciência se presta a realizar os nossos mais secretos desejos. Difícil é saber o que realmente se deseja".[66]

Eu havia escrito esse trabalho para uma das disciplinas do mestrado. Quando comecei a procurar a literatura lésbica que estava sendo escrita atualmente, me deparei com as Edições GLS e com os livros do selo Aletheia, da Brasiliense, que têm como "objetivo" passar uma imagem positiva dos homossexuais. Uma "idéia" parecida com a que Radclyffe Hall teve, há tanto tempo. Descobri, na literatura, atualíssima, o *gay pride*, o *lesbian pride*. O contato com estes termos novos aguçou mais a minha curiosidade. O que será isso? Por que está se dando agora? Sim, porque os livros dos quais estou falando começaram a ser publicados de 1998 para cá.

Achei interessante o fato de, quando comentava com colegas do curso acerca do tal "objetivo", geralmente me deparava com caretas e interjeições de espanto: "Nossa!", "Cruzes!", "Que coisa, hein?". Ou com risos de deboche a respeito dessa "literatura" cheia de aspas. O que fez com que me interessasse mais ainda. Que tipo de livros eram esses, afinal de contas?

Daí se originou minha pesquisa, que, com muito prazer, vou compartilhar com você.

Beijos, Luciana

Rio de Janeiro, 5 de julho de 2002

Dora:

Olá, tudo bem?

Como havíamos combinado, começo aqui a lhe passar as minhas idéias para o desenvolvimento da dissertação. Espero que não seja cansativo para você. Qualquer coisa é só me dizer, OK?

Pois bem, se pretendo apontar, na literatura brasileira contemporânea, o momento em que as relações homoeróticas femininas "botam a boca no trombone", preciso, antes de mais nada, ver o outro extremo deste momento. Quando tudo era silêncio. Palavra, aliás, recorrente em todos os textos que li sobre o assunto.

Em uma página da internet sobre literatura homoerótica feminina (não consigo localizar a referência) li o seguinte: "Entre a época de Safo e o nascimento de Nathalie Clifford Barney (entre cerca de 613 a.C. e 1876) há um silêncio lésbico de 24 séculos".[67] Nathalie Barney é uma das escritoras retratadas em *As sereias da Rive Gauche*, da Vange Leonel.

É realmente interessante nos aprofundarmos no porquê desse silêncio. Em relação à homossexualidade masculina temos várias referências, desde a Grécia antiga. Mas e as mulheres? O silêncio que paira sobre elas nos faz pensar se as mulheres de antigamente de fato se sujeitavam tanto, se permaneciam tão "comportadas" e obedientes às normas vigentes. É difícil imaginar que sim se nos reportarmos aos dias de hoje, quando continuam existindo relações lésbicas em sociedades onde as conseqüências são terríveis, mas enfim...

Fazendo esta pesquisa, li, pela primeira vez, a respeito de relações lésbicas naquela mesma Grécia, sobre a qual encontrei a seguinte afirmação: "No imaginário social pensa-se em Atenas, onde as mulheres eram excluídas e a homossexualidade masculina aceita. Na Grécia Oriental as mulheres participavam da vida social e sua sexualidade era livre da norma heterossexual".[68] Em Esparta e outras cidades, na mesma época, as mulheres treinavam para lutas armadas e viviam separadas dos homens. A heterossexualidade era obrigação gerida pelo Estado, para fins reprodutivos.[69]

Acontece que o discurso da história só nos trouxe o registro das mulheres de Atenas e foi esse que se colou no nosso imaginário. As amazonas são citadas em textos como os de Homero, mas não constam do registro dos historiadores, que as consideram lendas como as sereias, seres mais que improváveis, impossíveis. Afinal, como conceber as mulheres independentes dos homens? "Séculos de história apagam as mulheres da ação do mundo."[70]

O discurso lésbico se encontra atrelado ao feminista, o que é fácil de compreender. Segundo Denise Portinari, "O silêncio do lesbianismo faz parte de um silêncio maior que recobre o universo feminino como um todo".[71] O desejo, a libido feminina é totalmente ignorada. Na reforma do Código Civil inglês, no século XIX, a pederastia permaneceu como crime. Perguntaram, então, à rainha Vitória sobre o homossexualismo feminino e ela respondeu que isso não existia. "Para o vitorianismo, a mulher era tão assexuada, que seria impossível pensar que ela pudesse querer praticar um ato sexual com outra mulher, pois fazê-lo apenas com um homem já era obrigação por demais penosa."[72] Tanto que, no famoso julgamento de *O poço da solidão*, sobre o qual eu já lhe falei, Radclyffe Hall, ao contrário do que aconteceu a Oscar Wilde, "não teve sua sexualidade questionada, primeiro porque o centro da celeuma era o livro e não um possível comportamento obsceno da autora. E segundo, porque não havia nenhuma lei que enquadrasse o lesbianismo como crime, como acontecia com a sodomia".[73]

As lésbicas são ignoradas "a reboque" da concepção da mulher assexuada que "se sujeitava" ao desejo masculino, considerando o sexo somente como uma "obrigação". Até as prostitutas eram consideradas seres assexuados (por serem mulheres) apenas mais "bem treinadas" na arte de satisfazer os homens. Foucault, no primeiro volume da *História da sexualidade*, afirma que

> Por volta do século XVIII nasce uma incitação política, econômica, técnica, a falar do sexo. E não tanto sob a forma de uma teoria geral da sexualidade mas sob forma de análise, de contabilidade, de classificação e de especificação, através de pesquisas quantitativas ou causais [...] cumpre falar do sexo como de uma coisa que não se deve simplesmente condenar ou tolerar mas gerir, inserir em sistemas de utilidade, regular para o bem de todos, fazer funcionar segundo um padrão ótimo.[74]

Ele prossegue dizendo que no século XIX continua a proliferação de discursos científicos sobre sexo, no intuito de regulamentá-lo. Nessa época surge, na literatura brasileira, o Romantismo. Estou pensando em incluir, neste ponto da argumentação, o seguinte trecho da minha monografia sobre *Lucíola*: "Nunca se falou tanto das mulheres como no século XIX. [...] Alguma vez se legislou tanto, se dogmatizou tanto, se sonhou tanto sobre as mulheres?".[75]

Contudo, podemos aqui marcar uma contradição importante. Falava-se muito sobre a mulher. Mas que mulher? Com certeza não aquela que sentia, que amava e se entregava fisicamente ao amor. Não a que sentia tesão, a que gozava. A esta ficava reservado o papel de prostituta. Talvez nem isso, pois nem às prostitutas era dado o direito de gozar, cabendo a elas somente a função de gerar, provocar o gozo dos homens. Joaquim Nabuco, referindo-se a *Lucíola*, escreve:

> O que há de novo em Lúcia é o temperamento, mas o histerismo de seus movimentos, quando "algum ente miserável arrancava-lhe o prazer das entranhas convulsas", torna-a ainda mais odiosa do que o comum das cortesãs, que têm mais dignidade, se pode-se aplicar

essa expressão ao amor venal, em sua frieza de mármore do que ela no delírio de "seus tremores espasmódicos".[76]

É curioso notarmos que, além de condenadas à marginalidade eterna, sem possibilidade de reintegração social, as prostitutas ainda são condenadas à frigidez.

A mulher cantada e decantada do século XIX "é imaginária. Ídolo, ela fascina o século".[77] A mulher simbólica será transformada em "um instrumento de poder. Ela expulsou da vida as mulheres".[78] É vedado à mulher o acesso ao prazer, ao espaço público. A ela é destinado o espaço privado, a casa, onde se responsabilizará inteiramente pela educação dos filhos. A ela deverá bastar a maternidade. O médico William Acton "afirma, pela sua parte, que a sexualidade feminina é satisfeita com o parto e a vida doméstica".[79] Na intenção de enclausurar a mulher no lar, é feita uma verdadeira "lavagem cerebral", surgindo várias teorias nesse sentido. Hoje poderíamos até rir de conclusões científicas como a da ovologia, em pleno desenvolvimento entre 1840 e 1860, que "estabelece que o prazer feminino não é necessário à fecundação: esta descoberta confirma a vocação maternal da mulher, justifica o egoísmo masculino e fundamenta a hostilidade contra o inútil clitóris".[80]

À mulher é destinado um papel essencial na formação da sociedade. (Afinal, não se pegam moscas com vinagre.)

À mística das glórias do parto, da grandeza da abnegação "natural" da mulher, acrescentou-se uma nova mística sobre as glórias da própria infância e da "criatividade" da educação das crianças. Afinal, o que poderia ser mais criativo e sublime para uma mulher do que criar uma criança, o adulto de amanhã?[81]

As revoluções burguesas "destinam à mulher não só o mundo doméstico, mas também a função de educar os filhos – indivíduos livres e competentes para enfrentarem a concorrência no livre mercado da ascensão social".[82]

Contudo, o poder constituído não poderia se fiar que essa exaltação do papel feminino seria suficiente para segurar a mulher em casa. Então ele dará, de quebra, a ela a "glória de seu marido".

Poderíamos pensar que, segundo os princípios morais vigentes na época, entre marido e mulher não haveria troca de sentimentos. Mas não. O que se prega é a abolição do amor-paixão, "não se trata absolutamente de suprimir o sentimento amoroso nas relações entre marido e esposa, mas sim de mantê-lo dentro de certos limites, ou seja, em temperatura nem muito alta nem muito baixa".[83]

A esposa deverá se esforçar para manter seu desejo sexual devidamente controlado, o que aliás não será tarefa das mais difíceis, já que este simplesmente inexiste. "Ensina-se às raparigas que é pecado pensar em sexo."[84] No século XIX encontramos "uma representação da feminilidade na qual as mulheres são assexuadas, frígidas, feitas para a maternidade e não para o sexo".[85] A esposa que sentisse desejo sexual não poderia jamais demonstrá-lo, pois provocaria uma

> desordem familiar desencadeada pela presença de uma esposa muito "erótica" – se o lugar da puta é no bordel, o da esposa perturbadora é o manicômio ou o hospital psiquiátrico, para onde é levada na qualidade de "ninfomaníaca" ou de portadora de uma moléstia conhecida como "furor uterino", que, só pelo nome, parece ser mesmo terrível.[86]

É incrível como se assemelha a uma receita de bolo. Uma tentativa de regulamentação dos sentimentos humanos, "algo suposto ser meramente biológico e meramente natural (sexo) sofre modificações quanto ao seu sentido, à sua função e à sua regulamentação ao ser deslocado do plano da Natureza para o da Sociedade, da Cultura e da História".[87]

Foram dados às mulheres as glórias do lar, da maternidade, o sucesso, os títulos e o dinheiro do marido, mas poderia ainda não ser suficiente para mantê-la em casa. Como resolver a questão? Cria-se então, de maneira mais reforçada e assustadora possível, o preconceito contra a "mulher perdida". "Um corpo de mulher sem a castidade é definitivamente inabilitado para os 'sagrados laços do matrimônio'".[88] Joaquim Nabuco, na famosa polêmica que teve com José de Alencar, referindo-se a *Lucíola* afirma:

> Se a sociedade esquecesse a origem de uma dessas mulheres, anistiaria todas as outras, que viriam continuar no casamento a sua profissão,

além de que muitas raparigas haviam de querer, antes de pertencer a um homem só, ter a experiência da vida livre. Essa é a moral social; é o instinto de conservação, tão poderoso nos grandes organismos, a família, o Estado, a religião, a raça, como no indivíduo.[89]

Ou seja, para a moral da época, uma vez "caída", uma mulher estava perdida para sempre, sem a menor possibilidade de regeneração. E esse conceito deveria ser bem reforçado, de várias maneiras, inclusive pela literatura. Ora, no século XIX o romance era "escrito por homens, sobre mulheres e dirigido às mulheres [...] O sistema debatia-se com a contradição de necessitar da mulher como público leitor e a vigência de um sistema de valores que via na sua alfabetização uma ameaça à ordem vigente, em especial, aos bons costumes familiares".[90] Mas, já que eram as mulheres o principal público consumidor de romances, estes vão acabar adquirindo um "objetivo pedagógico: ensinar-lhes o *lugar* da mulher".[91]

Está tudo ótimo. A mulher está devidamente aprisionada, enclausurada em casa. O homem não corre o risco de ter seus bens herdados por um bastardo, não corre o risco de ter sua honra manchada, mas... E agora? Se a sua mulher, mãe de seus filhos, teve de abdicar do prazer e, conseqüentemente, de certas extravagâncias em termos de sexo, com quem ele irá realizar estas extravagâncias? Com quem irá buscar o seu prazer? Ora, para isso, existe (desde o começo dos tempos) e continuará existindo a figura importantíssima da prostituta: garantia do seu orgasmo sem fins reprodutivos.

A maneira de encarar a prostituição será, na sociedade brasileira do século XIX, bem ambígua, as atitudes diante dela bem contraditórias.

Porque não tem função procriadora, a prostituição (como as relações sexuais fora do casamento) é socialmente condenada. Ao mesmo tempo, porém, é tolerada e até mesmo estimulada nas sociedades que defendem a virgindade das meninas púberes solteiras, de um lado, mas que, de outro lado, precisam resolver as frustrações sexuais dos jovens solteiros e dos homens que se consideram mal casados ou que foram educados para jamais confundirem suas honestas esposas com amantes voluptuosas e desavergonhadas.[92]

Com essa afirmativa podemos perceber nitidamente a diferença de tratamento e a diferença dos direitos dos homens e das mulheres. Se por um lado a sociedade se preocupa em manter as mocinhas virgens, por outro vai se preocupar em "resolver o problema" dos rapazes solteiros, permitindo-lhes o sexo. E, para que isso seja possível, será necessário que algumas meninas abdiquem de sua cidadania e sejam condenadas à marginalidade, entrando para a prostituição (tudo bem, contanto que sejam as filhas dos "outros"). A prostituta funcionará como símbolo de tudo o que uma moça de boa família não deve ser; contudo, é imprescindível a sua existência.

Acho que é interessante fazer esse acréscimo porque trabalhando o *Lucíola* exemplifiquei bem como o desejo heterossexual (ou a ausência dele) nas mulheres também é uma construção social. E que "a passividade sexual e social deve ser fruto de uma educação conveniente, que orientaria a sexualidade feminina para o caminho, correto, do instinto reprodutor: o desejo da mulher, finalmente, não passa do desejo de ser mãe".[93] Mais um motivo para o desejo de uma mulher por outra ser invalidado, já que não há possibilidade de reprodução.

Pois bem, a grande questão aqui será a seguinte: ao se aceitarem as relações lésbicas, estaria-se corroborando a idéia de uma possível libido feminina. Logo,

> sua existência representa a desestabilização e o caos na ordem "natural" e "divina" da heterossexualidade dominada pelo masculino. [...] O que seria do mundo patriarcal se as mulheres dispensassem os homens de suas camas e de seu afeto, se recusassem a "incontornável" parceria masculina e a reprodução como definidora de suas identidades?.[94]

Existia, na verdade, segundo Tania Navarro-Swain,[95] certa tolerância às "amizades íntimas" entre mulheres casadas, com filhos. Simplesmente porque era dada, a esse tipo de relação, pouca ou nenhuma importância. Não havia sexo sem o falo. A "verdadeira" sexualidade era masculina. Além de essas mulheres não ameaçarem o *status quo* masculino, por se manterem atreladas ao modelo familiar tradicional. Apesar de suas "brincadeiras" (sim porque "no sexo, ideologicamente, o 'macho' nunca pode estar ausente"[96]) em outras camas, continuavam exercendo os seus papéis de esposas e mães, num processo tranqüilizador de manutenção de gênero. O desejo feminino e, por conseqüência lógica, o desejo lésbico vêm sendo silenciados por tanto tempo devido, exatamente, à preocupação em se manter o sistema de dominação das sociedades falocráticas, em que há sempre uma sujeição das mulheres ao discurso ditado pelos homens.

Pesquisando na biblioteca da UFF, encontrei uma dissertação muito interessante, defendida em 1995. Chama-se *Os sentidos do silêncio: a linguagem do amor entre mulheres na literatura brasileira contemporânea*, de Maria José Ramos Vargas. Percebe-se, pelo título, que ela fala exatamente do silêncio lésbico no discurso literário. Fascinante para mim, pois a minha dissertação é como que se fosse o enfoque de um momento imediatamente posterior ao trabalhado por Maria José.

Destaco duas citações feitas por ela, de Monique Wittig, que diz:

> [...] a censura imposta pelos discursos que [...] apregoam que você-será-civilizado-ou-não-será, acaba por promover a tentativa de impedimento de que as relações amorosas entre mulheres possam ser pensadas ou ditas, muito embora elas tenham sempre existido. [...] A homossexualidade aparece como um fantasma só de modo obscuro e às vezes de forma alguma.[97]

E de Adrienne Rich que

> [...] salienta que o silêncio que encobre a possibilidade do encontro amoroso entre mulheres é parte da totalidade do silêncio a respeito da vida das mulheres, além do que acrescenta, tem sido um modo efetivo de obstruir a intensa e poderosa onda em direção à comunidade feminina e ao compromisso das mulheres com mulheres, que ameaça o patriarcado.[98]

Devido a essa política do silêncio, a imagem feminina que se fixa no imaginário social, até a eclosão do feminismo contemporâneo, foi a figura com características de "fragilidade e dependência, incapacidade física e mental consideradas 'naturais'".[99]

Contudo, bem antes disso, algumas escritoras já ousavam, no Brasil, levantar a cabeça, em atitudes de transgressão das normas vigentes. Um exemplo disso é *Lésbia*, livro de Maria Benedita Bormann que me foi emprestado como sendo o primeiro livro lésbico publicado no Brasil. Escrito em 1884, foi publicado em 1890 sob o pseudônimo de Délia. Pelo título jurei que se tratava de um livro sobre relações lésbicas, sobre transgressão. Embora não haja a presença de relações homossexuais entre as personagens, esse texto poderia ser considerado uma narrativa lésbica, na concepção da pesquisadora Barbara Smith,[100] na medida em que ela considera como elemento caracterizador desta "a crítica textual das instituições heterossexuais". A intenção de fazer esta crítica, por parte da autora, fica clara no título. Lésbia, lésbica, mulher transgressora dos códigos vigentes ainda hoje, imagine no século XIX! É a história de uma moça que sofre duas desilusões amorosas e resolve escrever. Ela diz:

E por que não escreverei tudo que me vem à mente?... Acaso sofreram mais do que eu os que escrevem?... talvez, nem tanto!... Possuem talento, é certo, são atraídos pelas fulgurações do ideal e do belo, necessitam de aplausos, anseiam pelas dilacerações dessa engrenagem que se chama vida literária, mas, como eu, sentem seguramente o ardente desejo de vazar no papel essas lágrimas, que não podem mais correr dos olhos requeimados, e os gritos de angústia que sufocam! Eles têm um fim, miram um resultado qualquer, e eu só ambiciono desabafar o peito opresso! Para eles tudo – os risos do triunfo, as emoções da luta e as lágrimas acrimoniosas; para mim – a quietação do desafogo![101]

Ela vai se tornar conhecida, alcançar sucesso e independência financeira por meio da literatura, escrevendo sob um pseudônimo: Lésbia. E isso para a época era ousadíssimo. Uma mulher escritora? Independente? Totalmente fora dos padrões de comportamento esperados.

O narrador, referindo-se à primeira obra de Lésbia, diz que: "Notava-se nesse trabalho um espírito másculo, presidindo à concepção e ao desenvolvimento do entrecho..."[102] e por aí vai. Podemos perceber, nesse comentário, uma grande ironia da autora, que desmascara o conceito vigente, segundo o qual o romance de Lésbia só poderia ser excelente se a autora possuísse um espírito másculo. Em outras palavras, deveria ser uma "invertida" na melhor concepção Radclyffe Hall. E no texto fica claro que ela era heterossexual. Será? Na verdade, penso que no livro não aparecem relações lésbicas porque, do contrário, ele não seria publicado. Estamos falando do Brasil no ano de 1890. Se *O poço da solidão* foi proibido na Inglaterra, em 1928, imagine só!

Poderíamos desvincular este livro da narrativa lésbica se ignorássemos o conceito de Barbara Smith? Impossível, pois o título nos impede de fazê-lo. Ele vai indicar um "conteúdo submerso"[103] na narrativa. Esta estratégia de dizer sem dizer vai viabilizar o registro da história feminina. Emily Dickinson advertiu: "Diga toda a verdade, mas diga-a indiretamente".[104]

Essa advertência será seguida por algumas escritoras. A partir do século XIX, como é o caso de Lésbia, as mulheres apresentam enredos que ocultam níveis de significados profundos, disfarçados para fugir à censura e ser aceitos socialmente. "Somente escrevendo as próprias histórias 'em disfarce', sua literatura podia ser lida e apreciada."[105]

> No Brasil o desejo lesbiano aparece na literatura escrita por mulheres desde, pelo menos, as primeiras décadas do século XX. [...] A autocensura, que às vezes pode calar a expressão erótica feminina em todas as suas formas, encontra-se obviamente enraizada nas práticas sociais vigentes, que tanto procuram controlar a sexualidade feminina, como restringir o acesso da mulher a uma linguagem adequada à representação de sua sexualidade.[106]

As mulheres homossexuais estavam acostumadas à não-existência, por ter sido esse conceito fortemente fixado em suas mentes. Não é à toa que *O poço da solidão* ficou conhecido como a "Bíblia do lesbianismo", por trazer alívio a muitas mulheres que se consideravam verdadeiras aberrações, seres monstruosos, por sentirem desejo por outras mulheres. *O poço* trouxe uma nova interpretação a essas meninas que passaram a se aceitar (ou pelo menos deixaram de se considerar como "abominações"), por saberem da existência de outras iguais a elas. Stephen vai funcionar como um modelo de identificação, como você viu naquele trabalho que eu lhe mandei. Se ela não representa um modelo tão otimista, pelo menos é a primeira lésbica de bom caráter da literatura (que eu saiba).

O verdadeiro escândalo nos meios literários, decorrente da proibição de *O poço*, vai reforçar a percepção da necessidade de as escritoras camuflarem as relações homoeróticas em seus textos duplamente transgressores. A primeira transgressão se dá quando tanto a personagem, ao assumir a posição de sujeito, quanto a autora, ao escrever sobre o erotismo feminino, rompem os padrões de gênero,[107] na medida em que contrariam sua atitude tradicional de passividade, assumindo as rédeas, o controle da situação, nos atos e no discurso. A segunda transgressão se dá com a presença do desejo lésbico, em si, pois ele "foge à definição aceita do 'feminino' [...] ao não se definir em função do desejo masculino e do sistema de reprodução biológica e de transmissão de valores econômicos e ideológicos".[108]

Maria José Ramos Vargas escreve: "É bastante significativo o fato de que, transcorrido um século da condenação de Oscar Wilde, as mulheres necessitem ainda acionar o silêncio como forma de resistir e dar sentido à homossexualidade feminina".[109] Ela nos conta que em 1993 a censura tentou interditar um livro de contos de autoras pouco conhecidas, dentre os quais alguns falavam sobre a homossexualidade feminina.[110]

Desde então, quase dez anos se passaram e houve o crescimento dos movimentos homossexuais, iniciados nas décadas de 1970/80, com o desenvolvimento de uma política de identidades, um desejo de afirmação no melhor estilo *gay power*... Só que vou falar disso depois, antes que você desista de mim após este primeiro "bombardeio".

Beijos, Luciana

Rio de Janeiro, 11 de julho de 2002

Dora:

Estava com medo de você ler o meu texto anterior e desanimar. Sabe, às vezes me dá um enjôo, um cansaço, uma sensação de que estou trabalhando um tema desinteressante, enfim, me dá um monte de dúvidas que geram uma enorme insegurança. Mas pela sua resposta, pelos seus comentários, deu para perceber que você leu com interesse e atenção. E isso me deu ânimo para prosseguir.

Eu acho que uma questão fundamental para o desenvolvimento do meu trabalho é a política de identidades, chamando a atenção para a discussão existente entre duas correntes de pensamento existentes. Pensei em traçar um histórico, ou seja, falar do surgimento da IDENTIDADE GAY, apresentar as idéias a respeito dessa identidade e seus desdobramentos. Começaria assim:

Em 28 de junho de 1969, ocorreu um fato que marcou o nascimento da Frente de Libertação Gay, um grupo de militância que começou nos EUA, mas se espalhou pela Europa Ocidental. Nesse dia houve a rebelião de Stonewall, uma verdadeira batalha que começou com a reação dos freqüentadores do Stonewall Inn (um bar localizado dentro do "gueto homossexual" em Nova York) contra a truculência policial. Durante o tumulto foram ouvidas palavras de ordem como "Poder Gay", "Sou bicha e me orgulho disso"... Pouco depois a Frente de Libertação Gay lançou seu jornal, *Come Out* (Assuma-se), e decretou-se a data de 28 de julho como o Dia de Orgulho Gay.[111]

A partir daí começou a tentativa de adoção de uma identidade *gay*, que gerou uma polêmica muito grande, perpetuada até hoje. Por um lado, podemos perceber, por trás da construção da identidade homossexual, a busca da aceitação social, a conquista de direitos civis.

É óbvio que sob muitos aspectos este é um desenvolvimento altamente positivo, diminuindo em grande parte as antigas tensões impostas pela clandestinidade e a vergonha. Mas é relevante ressaltar que freqüentemente embutida nesta nova postura está a adoção de uma identidade também imposta de fora com suas regras pré-estabelecidas.[112]

A grande questão é que, ao se assumir uma Identidade Gay, uma Identidade Lésbica, assume-se a categorização, a classificação. Para Jurandir Freire Costa, "Aceitar a idéia de uma identidade homossexual seria apoiar a noção de que existe alguma diferença fundamental e essencial que faria de pessoas com determinadas características desejantes seres de alguma forma apartados do resto dos mortais".[113] Seria, ao mesmo tempo, a aceitação ao enquadramento em determinadas outras normas comportamentais. Esta questão é muito delicada. Por um lado a inserção na sociedade preocupa

> aqueles que dizem temer a cooptação da homossexualidade por parte da moderna sociedade capitalista, através de uma normatização que neutralizaria seu potencial subversor da ordem instituída. [...] A prática de "se assumir", encorajada pelos grupos, correria o risco de não ser nada revolucionária, transformando-se, talvez, somente numa acomodação de comportamentos e sentimentos, até então em desarmonia com as normas gerais, integrando-se de uma maneira mais funcional à estrutura vigente. Estabelecer-se-iam novos padrões e simplesmente se mudaria o lugar da linha de demarcação entre o permitido e o proibido. O "homossexual comportado", cujos valores e formas de vida se aproximam bastante da dos heterossexuais, seria aceito, mas os personagens incômodos como os travestis, os pedófilos etc., continuariam a ser rejeitados.[114]

Vange Leonel[115] questiona esse posicionamento de "romantização da exclusão", na medida em que pergunta qual seria a verdadeira transgressão: fazer questão de permanecer à margem, não interferindo, assim, com a ordem estabelecida; ou discutir com a sociedade e exigir a inclusão, obrigando-a a alterar suas normas?

Eu estava pensando sobre uma questão interessante. Creio que, na verdade, o movimento de assumir uma identidade homossexual já deveria estar impregnado, em si, pela transgressão. Ora, segundo Foucault, "Nas relações de poder, a sexualidade não é o elemento mais rígido, mas um dos dotados da maior instrumentalidade: utilizável no maior número de manobras, e podendo servir de ponto de apoio, de articulação às mais variadas estratégias".[116] Ou seja, a sexualidade é um dos instrumentos mais utilizados, por sua eficácia, nas articulações de controle social. Os discursos técnico-científicos, que falam de sexo, colocaram em jogo as noções de normalidade/perversão, legalidade/ilegalidade, saúde/doença etc. Esses discursos sempre foram formulados, segundo o ponto de vista do poder constituído, com o objetivo de indicar, mediante a validação, os papéis, as funções de homens e mulheres, dentro das sociedades.

O fato de "ser *gay*", "ser lésbica", já desestruturaria a sociedade, na medida em que representa o descumprimento das normas preestabelecidas. Acontece que as malhas do poder, por seu lado, vão se moldando, se adaptando às necessidades prementes do ser humano. Para o que não se pode controlar, abre-se um nicho, uma nova categoria com suas normas e regras próprias, para que se faça possível o controle. O que não existe não é reconhecido, não pode ser vigiado, controlado. Novos papéis e funções sociais vão sendo criados e impressos no imaginário social como se sempre "tivessem sido". Discursos científicos, por exemplo, surgem como descobertas que vão validar casos antes considerados inexistentes. Vão sendo criadas novas certezas, adequadas ao novo modelo e às quais este vai se moldar. Logo, a transgressão supostamente intrínseca à homossexualidade deixa de existir, na medida em que uma nova "opção sexual" passa a ser validada, para ser mais bem controlada.

Contudo, antes de chegarmos a esta conclusão, devemos nos lembrar de quão grande é a distância entre a teoria e a prática. E, sobretudo, de como é difícil modificar conceitos tão cristalizados e profundamente arraigados no imaginário social. Segundo o raciocínio exposto, poderíamos pensar, então, que o homossexualismo está sendo absorvido pela sociedade. Acontece que, se por um lado surgem a cada dia mais personagens *gays* e lésbicas em filmes, novelas, peças de teatro, livros, por outro, basta olharmos, com atenção, para os lados, nas ruas, e ainda teremos clássicos exemplos de preconceito e violências sofridas por *gays* e lésbicas. Outro dia eu estava em um restaurante e havia duas moças, na mesa ao lado, que de vez em quando trocavam carícias muito discretas. Quando elas saíram, todas as pessoas que estavam na mesa em frente olharam acintosamente e uma das mulheres chegou a fazer, discretamente, gestos de quem vai vomitar. A que conclusão podemos chegar, afinal? Que a adaptação das pessoas às manifestações da homossexualidade é muito lenta, logo, volto à primeira idéia de que, realmente, a própria criação de uma identidade homossexual AINDA é, sim, um ato de transgressão. Complicadíssimo. Me expliquei bem?

Enfim, em relação à resistência em se assumir a identidade homossexual, Denilson Lopes diz que nomear é perigoso, mas se não nos nomeamos os outros o farão.[117] Apesar de representar, possivelmente, a aceitação de uma "divisão culturalmente inventada – homossexuais/heterossexuais – justifica-se o movimento porque, se a sociedade crê nesta divisão e discrimina os primeiros, eles têm direito a se organizarem e lutarem contra os preconceitos até mesmo provindos desta divisão".[118]

Apesar de saber que a identidade homossexual é tão culturalmente produzida quanto as identidades masculina e feminina, e que assumir uma prática sexual (o que de fato é) como uma expressão do seu eu profundo, de uma subjetividade, uma identidade, só tem sentido em um "quadro binário em que a sexualidade se tornou o centro, o núcleo do ser, a expressão definitiva do indivíduo",[119] deve-se ter em mente que esta é uma etapa necessária para se poder resistir à homofobia,[120] sem esquecer que uma "sociedade politicamente madura"[121] não precisaria de uma "Parada do Orgulho Gay", da afirmação de uma identidade baseada nos atos sexuais, pois isso não teria a menor importância.

O fato é que, ao mesmo tempo que esta nova identidade vai surgindo, surge um mercado homossexual e sua exploração comercial contribui para sua modelagem, impondo padrões de conduta e de beleza.[122]

No processo de estabelecimento destes padrões, mesmo antes do surgimento do movimento homossexual, "na década de 60 surge um novo termo para nomear uma figura social cada vez mais comum e aceita, o 'entendido' e a 'entendida'".[123] Este novo termo não é pejorativo como "bicha" e "sapatão" e servia para designar o "modelo" do homossexual que "transava" com pessoas do mesmo sexo, mas sem assumir nenhum tipo de "trejeito" caracterizador. Ou seja, seria o "homossexual *light*", aquele que não "bandeirava" ou, como se dizia na época, não "fechava". O termo foi rejeitado pelos primeiros grupos do movimento homossexual. Entra em cena uma questão polêmica: incorporar-se à paisagem social, em uma atitude camaleônica, ou brigar pelo direito de exercer a liberdade individual, vestindo-se e agindo como bem se quiser?

A partir daqui vou me desligar do homossexual masculino e me concentrar na mulher, na identidade lésbica, pois os processos de formação de identidades são muito peculiares a cada sexo biológico. Continuo:

"No começo dos anos 90 a mídia nova-iorquina lançou o *light lesbian chic* para designar as *lipstick lesbians* – lésbicas de batom – uma maneira de tornar as lésbicas mais palatáveis ao gosto da sociedade heteropatriarcal."[124] O raciocínio é mais ou menos assim: quanto mais aceitos forem, mais homossexuais terão a coragem de "sair do armário", logo mais consumidores para o novo mercado. Surgem bares, discotecas, revistas etc.

Há uma reportagem recente na revista *Época* que fala das lésbicas que "se assumem". É muito interessante como ela "coloca" exatamente a "lésbica de hoje", vendendo a imagem da "lésbica moderna". Sabe essas reportagens tipo: os novos programas preferidos das mulheres solteiras de 30? Mais ou menos assim...

A reportagem começa da seguinte maneira:

> As lésbicas estão cada vez mais à vontade. Começam a deixar os tradicionais guetos homossexuais para se expor publicamente. Andam de mãos dadas em livrarias da moda, cinemas, restaurantes e supermercados. [...] Não há nada nessas garotas que lembre aquele antigo estereótipo masculinizado. [...] A maioria não descarta a possibilidade de eventualmente namorar rapazes. Como o termo "lésbica" ainda é carregado de significados negativos, muitas garotas buscam um caminho mais experimental e preferem ficar em cima do muro.[125]

Segue ainda: "O descompromisso com a bandeira *gay* e com a própria condição homossexual tem contribuído para o aumento da exposição".[126] A militância balança. A tentação é grande como a maçã para Adão e Eva. Vange Leonel diz, na mesma reportagem: "A glamourização do tema com a moda do *lesbian chic* ajudou a diminuir o preconceito".[127] Em entrevista para a *Sui Generis*, em 1995,[128] contudo, ela se colocou contra o modelo *lesbian chic*, chamando a atenção para o fato de ir ele ao encontro do imaginário masculino, para o qual duas mulheres transando representam uma deliciosa seção de voyeurismo. Além do que, segundo a reportagem, a lésbica militante e a "caminhoneira" (modelo bem masculinizado) são espécies em via de extinção. Vemos que os padrões apresentados são extremamente castradores e repressivos, na medida em que todos precisam se adaptar a eles.

Mas vou parar por aqui. As crianças acabaram de chegar da escola e estão fazendo um barulho infernal. Não sou louca de tentar pensar assim. Aliás, preciso, urgentemente, estabelecer um "plano de ação", caso contrário não vou conseguir escrever nem uma linha, no meio dessa confusão.

Beijos, Luciana

Rio de Janeiro, 13 de julho de 2002

Dora:

Eu estava falando da identidade lésbica, né? Continuando, *O poço da solidão* vai representar muito bem, na literatura, a identidade lésbica do início do século XX. Era a dita "invertida", devida e adequadamente explicada e catalogada por discursos científicos. Eram mulheres que reproduziam o modelo heteropatriarcal falocêntrico reafirmado no imaginário social durante todo o século XX. O famoso casal *butch-femme*. As mulheres "femininas" poderiam se sentir atraídas pelos tipos "masculinizados". "Temos aí, reproduzido, o esquema da ordem heterossexual em corpos biologicamente femininos."[129] Este seria o relacionamento sexual mais compreensível, já que, em termos de sexo como construção social (gênero), todas as relações seriam heterossexuais.

As pessoas "femininas" se relacionam com as socialmente "masculinas". As mulheres e bichas se relacionam com homens e os homens e mulheres-machos se relacionam com as mulheres. O que é considerado realmente "desviante", de acordo com estas regras, são relações "homossexuais", não em termos fisiológicos, mas em termos dos papéis sexuais.[130]

É o par, como designa Denise Portinari, "a bela e a fera". Sobre a homossexualidade da primeira pairam sérias dúvidas, já a segunda seria "a que encarna a imagem do ideal".[131] Segundo a autora, apesar de todos os esforços no sentido de se libertar desta visão estereotipada, a dicotomia ativo/passivo permanece fixada com super bonder no imaginário social.[132]

Você sabe que um dia desses eu estava na sala de espera de um laboratório e havia uma mulher aos berros no celular, dizendo mais ou menos o seguinte: "Pois é! A outra aproveitou que ela estava fragilizada e atacou, coitada! Caiu direitinho. É fogo! Esses sapatões são assim mesmo, se aproveitam das situações delicadas para 'pegar as mulheres'". E ficou vociferando mais um tempão coisas assim. Na hora eu tive até vontade de rir, mas foi aquele riso amargo, sabe? A ignorância e a intolerância das pessoas são muito tristes.

Outro exemplo claro da cristalização desta imagem na cabeça das pessoas é o namorado de uma amiga minha e da Gabriela. Ele é professor universitário de Física, ou Matemática, não lembro. Tem mestrado, doutorado, enfim, é uma pessoa culta, lê bastante etc. Quando nos conhecemos, perguntou a ela quem era o "homem" do casal.

A imagem da invertida foi criada pelos discursos da ciência e acatada pelo senso comum, o que teve um aspecto muito positivo, pois, ao nomear as lésbicas como "desvio da natureza, caricatura do masculino ou certa patologia",[133] elas, pelo menos, foram inseridas no discurso, passaram a existir para o mundo. A partir daí, houve a identificação, as mulheres com desejos homossexuais já não se sentiam únicas, apartadas do resto do mundo. Surgiu uma espécie de "consciência de classe" que gera conhecimento, solidariedade, troca de experiências. "Mais mulheres se assumem, o número diminui o medo e a crescente visibilidade tende a diminuir o preconceito."[134]

É paradoxal o fato de, se o estereótipo masculinizado, a *butch*, é mais compreensível, por ser uma figura que não fere "os princípios heterossexuais de convivência", já que se aceita melhor uma mulher "quase-homem" do que uma mulher que transa com mulheres; por outro lado, o modelo *lesbian chic*, a *femme*, é o que o mercado homossexual tenta impingir, por imaginar que é o mais aceito socialmente. Na verdade, este modelo é, sim, mais palatável, na medida em que é mais disfarçado, menos evidente, não "agride" tanto.

Entretanto, vemos que a sociedade ainda não "digere" muito bem a lésbica "feminina". Na novela *Torre de Babel*, não sei se você lembra, havia duas personagens lésbicas, bonitas e femininas. A rejeição popular foi tão grande que o autor teve de matá-las logo no início da trama. "Não ficava claro quem era o macho e quem era a fêmea do casal."[135] As duas personagens foram rejeitadas porque eram perigosamente semelhantes aos cidadãos comuns. "Não se fez o reforço da visão olha-como-elas-são-esquisitas",[136] que marcaria bem a distância, a diferença, a "estrangeirice" delas. Isto ocorreu em 1998 (não tenho certeza, mas um amigo meu jura que foi nesse ano). Podemos notar que, pouco a pouco, devido ao aumento dos movimentos de militância, que buscam a maior visibilidade, e à própria inserção do conceito de identidades múltiplas, característica do homem pós-moderno, as idéias têm evoluído consideravelmente. Ainda há, é óbvio, uma distância muito grande entre os discursos e as práticas. O discurso do tal namorado da minha amiga é um exemplo bem claro disso. Fala-se muito que o preconceito diminuiu, mas o que se verifica é uma realidade bem diferente. Como disse Fernando Bonassi: "Brasileiros e brasileiras: somos um mix explosivo de conservadorismo, hipocrisia e festividade. Vira e mexe executamos nossos homossexuais, na porrada e em pleno centro de nossas cidades",[137] apesar de todos os discursos que afirmam o contrário.

Na esteira, melhor dizendo, concomitantemente aos movimentos de negação/afirmação, construção/desconstrução da "identidade lésbica", se dá o movimento de ultrapassagem, descrito por Foucault. Ele diz que os movimentos de "liberação sexual" devem ser compreendidos como um movimento de afirmação

> a partir da sexualidade [...] são movimentos que partem da sexualidade, do dispositivo da sexualidade no interior do qual nós estamos presos, que fazem com que ele funcione até seu limite; mas, ao mesmo tempo, eles se deslocam em relação a ele, se livram dele e o ultrapassam.[138]

Em reação aos discursos que normatizam as práticas sexuais, as identidades, surgem as "respostas em forma de desafio: está certo, nós somos o que vocês dizem [...]. E, se somos assim, sejamos assim e, se vocês quiserem saber o que nós somos, nós mesmos diremos, melhor que vocês".[139]

Vai surgir, então, com a busca da afirmação positiva do homossexual, na Europa e nos EUA, a literatura que se adequa a esse objetivo.

No final da década de 1990, no Brasil, essa proposta também vai tomar forma e se concretizar. Vou transcrever os depoimentos de três mulheres, dentre as muitas, que se envolveram na "briga". Duas delas são editoras e a terceira é escritora. Laura Bacellar é ex-editora-chefe da Brasiliense. Em 1998 criou as Edições GLS, um selo do Grupo Editorial Summus, de São Paulo. O objetivo era o de publicar livros com temáticas que atendessem aos interesses das minorias sexuais. Ela me contou ter entrado em contato com livros que procuravam fornecer modelos de identificação positivos para homossexuais, na Inglaterra, aos dezenove anos.

O primeiro que achei foi *The price of salt*, de Claire Morgan (acho) [...] Aquele livro mudou um monte de coisas em mim, porque era uma história romântica entre mulheres com final feliz. Fiquei maravilhada. Muitos anos depois descobri que era um pseudônimo de Patrícia Highsmith, e que aquele livro em particular foi o primeiro romance em que as duas mulheres acabavam juntas, vivas e felizes, e que vendeu mais de um milhão de exemplares...
Depois de descobrir que literatura lésbica existia, fiz um curso em literatura inglesa feminina por conta própria. Li tudo o que podia ter alguma relação com lesbianismo [...]. O contato com o conhecimento, com várias visões sobre homossexualidade, com imagens românticas me ajudou num momento essencial, quando eu estava explorando a minha sexualidade. Nem tudo foram flores, claro, mas a certeza de saber que não estava sozinha, que fazia parte de uma minoria que sempre tinha existido e já havia sido respeitada em outras civilizações, e que era o lesbianismo uma expressão natural da sexualidade humana me deixou mais tranqüila em relação a mim mesma.[140]

Para Laura Bacellar esse tipo de texto lhe forneceu o tal "modelo lésbico de identificação positiva", fato que lhe deu a idéia de, anos mais tarde, investir nas Edições GLS.

Danda Prado, presidente da Editora Brasiliense, no ano de 1999 também criou um selo voltado para a temática homossexual, porém, diferente da GLS, cujo alvo são todos os homossexuais, é voltado para as lésbicas, especificamente. O selo chama-se Aletheia. Abrindo seus livros, logo na primeira página, encontramos, sob a logomarca da editora, o significado deste nome: "Alétheia – palavra grega composta pelo prefixo negativo *a-* e pelo substantivo *léthe* (esquecimento). É o não-esquecido e o não-oculto; é o desvelamento e o visível aos olhos do corpo e ao olho do espírito".[141] Muito interessante, principalmente quando pensamos na questão do discurso do silêncio da homossexualidade feminina.

Eu perguntei à Danda qual teria sido o "embrião" do selo Aletheia e ela respondeu:

> Fizemos um concurso de contos eróticos escritos por mulheres, aceitando pseudônimos. O sucesso foi total. Eu fui convidada para inúmeras entrevistas na TV, rádio, revistas e imprensa. A curiosidade imensa, por parte das entrevistadoras. Recebemos centenas de contos. Escritoras lésbicas... pouquíssimas, e contos eróticos lésbicos, menos ainda. Assustador. Nem sob pseudônimo ousavam. Ou não existiam? Claro que sim, mas como lésbicas nem para elas próprias. Sendo a linha editorial da Brasiliense conhecida por seu vanguardismo, sendo essa quase a definição da editora desde que Caio Graco assumiu a direção, havia inúmeros livros sobre homossexualidade, drogas, *beatniks*, AIDS, assim por diante. Resolvi investir (a fundo perdido) na temática.[142]

Com respeito à questão do "modelo positivo" ela diz:

> Esta literatura atual, particularmente a lésbica [...] tem que gerar uma nova imagem da lésbica, já que ou inexistiu na literatura, ou apareceu deformada, carregada de descrições preconceituosas e negativas. Foi preciso nos Estados Unidos criar essa literatura positiva na linha do "black is beautiful" e as cartas de leitoras confirmam essa importância. São comoventes, quando se dizem felizes agora ao passear pelas ruas de São Paulo lembrando-se dos personagens de tais romances brasileiros. Sentem-se importantes, significativas na sociedade. "Ela também é igual a mim, e é inteligente, bonita, feliz."[143]

A terceira fala é de Stella Ferraz, escritora de três livros que possuem esse "estilo", tendo sido um deles, inclusive, traduzido para o francês e publicado na França, Suíça e Bélgica. Tenho algumas críticas publicadas em revistas desses países. Não sei se vale a pena incluí-las na dissertação. O que você acha?

Mas, voltando ao assunto, a Stella me disse o seguinte:

A decisão de escrever esses romances derivou do contato com a literatura de mulheres, com a qual tive contato mais estreito e pessoal nas Feiras Internacionais de Livros Feministas. Estive na de Montreal (1988) e na de Amsterdã (1992) como convidada e proferi palestra. Ali tomei contato e gosto pelos livrinhos *junk literature* americanos. Depois evoluí para os franceses, que já produzem literatura, assim como os ingleses. E percebi que havia uma lacuna aqui no Brasil, pois é esse tipo de romance que leva ao *lesbian pride*, à identificação positiva, a modelos positivos, em que ninguém é penalizado com a morte ou o sofrimento final. Já tenho tido notícias de mulheres que decidiram assumir este caminho por conta da leitura desses meus livros.[144]

Nas três falas podemos notar um importante ponto em comum: o desejo de ver se realizar a "ultrapassagem" de Foucault, em que as lésbicas mesmas se encarregam de dizer quem são, em resposta às classificações dadas por outros. Como disse Denilson Lopes, "Dizer em alto e bom tom o que se é, em tom libertário, parece marcar o momento do fim da era do silêncio".[145]

Se ele o diz em relação aos textos homoeróticos masculinos, nas décadas de 1960 e 1970, apenas no final da década de 1990, no Brasil, as mulheres começam a se desvencilhar da necessidade de dizer seus amores, embutidos no silêncio.

Os textos que vou estudar na minha dissertação estão bem distantes dos textos considerados pela Academia como "alta literatura". São textos que possuem uma clara ideologia em sua construção: fornecer um modelo de identificação positivo para as lésbicas.

Vou abrir aqui um campo de discussão sobre esta questão delicada. Há alguns anos seria impossível trazê-la para a Academia. Hoje, graças a Deus, há uma abertura maior e eu posso mexer nesse vespeiro sem medo de ser crucificada.

Beijos, Luciana

15
A Rick Santos

*Rick Santos é professor de Literatura Comparada na State
University of New York at Binghamton. Luciana foi apresentada
a ele (virtualmente) por Stella Ferraz.*

Rio de Janeiro, 14 de julho de 2002

Rick:

Fiquei muito feliz com sua mensagem. Quer dizer que a Danda Prado falou com você sobre o meu projeto de dissertação? Fiquei orgulhosa por ter despertado o interesse de vocês.

Preciso lhe agradecer muito por algo que você fez por mim sem saber. Você salvou minha noite. Melhor! Você salvou minha dissertação, minha pesquisa. Explico. Ontem à tarde eu entrei em crise total. Comecei a achar que era uma loucura trabalhar textos tão desconsiderados, autoras praticamente desconhecidas, ignoradas pela Academia. Fiquei completamente desesperada, pensando: "Vou ser massacrada!". Aí me deparei com sua mensagem. Primeiro a história da Danda, depois você me dizendo que sua dissertação foi sobre Cassandra Rios e que essa história de "alta literatura" e "baixa literatura" era relativa.[146]

Ganhei o dia. Você sabe muito bem como as pessoas (pelo menos todas as que conheço) ficam muito fragilizadas e inseguras quando estão desenvolvendo suas teses, dissertações. Uma palavra basta para nos derrubar, mas, neste caso, suas palavras serviram para me levantar.

Obrigada! *Merci beaucoup!* Dormi igual a um bebê.

Beijos, Luciana

16
A Maria Auxiliadora Cintra

Rio de Janeiro, 18 de julho de 2002

Dora:

Olá, tudo bem? Melhorou da tendinite? Espero que sim. Ainda bem que você é adepta dos tratamentos "naturebas". Odeio tomar os remédios da alopatia. Os efeitos colaterais são, em alguns casos, quase piores que a doença em si. Estou torcendo para você ficar boa logo, viu?

Sabe, eu adorei a sua sugestão. Vou colocar a correspondência com a Laura, a Vange, a Stella, a Danda, a Fátima e a Valéria como anexos da dissertação. Já as críticas francesas, belgas e suíças aos livros da Stella, vamos ver. Ainda vou decidir.

Andei lendo alguns textos sobre a questão da literatura com objetivos ideológicos e deu para chegar a algumas conclusões. Só não sei se é o suficiente para trabalhar este assunto. Leia e me diga se a convenci.

No Colóquio Identidades, realizado na Uerj, em 1999, Zilá Bernd apresentou um trabalho em que dizia o seguinte:

> Sabe-se [...] que a arte se quer antes de tudo intransitiva e a própria idéia de uma literatura a serviço de uma causa, de uma nação ou de uma ideologia parece absurda [...] quando a literatura se põe a serviço de uma causa, tornando-se denotativa e unívoca, a literariedade se esvanece, pela cristalização dos discursos que a compõem.[147]

Mais adiante ela vai dizer que não se pode

contestar a força que a literatura pode desenvolver em determinadas circunstâncias, em períodos de arbítrio e exceção por que passam as sociedades em certos períodos de sua evolução. A literatura pode ser [...] o único tipo de discurso a desempenhar um papel desestruturador da sociedade.[148]

Ora, se o potencial transgressor de ideologias arbitrárias inerente à literatura pode ser aproveitado, qual seria o problema dos textos que compõem o meu *corpus* de trabalho? No intuito de atingir a um grande número de leitores que procurariam, não o prazer do texto pelo texto, o trabalho lingüístico esmerado, a criatividade textual, mas exatamente o fundo ideológico, eles apresentam uma narrativa mais linear, sem grandes "vôos lingüísticos". E, ainda citando Zilá, ela afirma que a força do texto literário "está mais naquilo que esconde ou camufla, que naquele que exprime de forma demasiadamente óbvia".[149]

Ora, estamos, contudo, em determinado momento em que o que se quer é justamente o contrário da camuflagem. Busca-se deixar bem claro um modelo de identificação, busca-se dar voz ao que antes era dito somente por um silêncio imposto. Buscam-se a visibilidade, a obviedade. As lésbicas não querem mais sussurros, elas querem mesmo é gritar.

Em manuscrito inédito, a professora doutora Lucia Helena de Oliveira Vianna, falando da narrativa feminista afirma que

para a teoria feminista de base pós-estruturalista, a linguagem não é a expressão apenas de uma individualidade, mas o lugar de construção da subjetividade. [...] a linguagem é o lugar onde atuais e possíveis formas de organização e seus respectivos desdobramentos políticos são definidos e contestados. [...] Penso que por poética feminista se deva entender toda discursividade produzida pelo sujeito feminino que, assumidamente ou não, contribua para o desenvolvimento e a manifestação da consciência feminista, consciência esta que é sem dúvida de natureza política (o pessoal é político), já que consigna para as mulheres a possibilidade de construir um conhecimento sobre si mesmas e sobre os outros, conhecimento de sua subjetividade, voltada esta para o compromisso estabelecido com a linguagem em relação ao papel afirmativo do gênero feminino em suas intervenções no mundo público. Consciência com relação aos mecanismos culturais de unificação, de estereotipia e exclusão. E, ainda, a consciência sobre a necessidade de participar conjuntamente com as demais formas de gênero (classe, sexo, raça) dos processos de construção de uma nova ordem que inclua a todos os diferentes, sem exclusões. Poética feminista é poética empenhada, é discurso interessado. É política.[150]

É esta poética que quero apontar no *corpus* escolhido. O discurso lésbico, como já discutimos antes, faz parte do discurso feminista. Mas, para usar um termo diferente, não quero falar em "poética feminista", quero antes falar da formação de uma "poética lésbica", engajada, escancarada, cuja grande novidade é a própria obviedade.

Nas leituras que vou desenvolver, vou apontar o fato de que o texto óbvio, muitas vezes também possui seus esconderijos, dizendo mais que aparentemente deseja.

Quanto à distinção entre textos literários e não-literários, José Carlos Barcellos[151] afirma que, se os primeiros já são, em si mesmos, práticas críticas aos padrões ideológicos de determinada cultura, os outros são a (re)produção destes mesmos padrões.

Ora, os textos dos quais vou tratar, se pela aparência formal linear poderiam ser "enquadrados" no segundo caso, de acordo com a citada definição, pela ideologia neles contida se estabelecem como claramente transgressores. Neles vai se apresentar um "*locus* que permite à mulher o exercício de sua subjetividade, abandonando ela a posição de objeto passivo ao qual tem sido limitada dentro do sistema dominante de gêneros. Desse modo, o lesbianismo [...] serve também para realizar uma crítica às relações heterossexuais hierárquicas".[152]

Segundo Adrienne Rich, em seu ensaio "Compulsory heterosexuality and lesbian existence", escrito em 1980, a sexualidade e o desejo lesbiano podem ser entendidos como uma rejeição do sistema dominante, como um "ato de resistência".[153]

Se a própria manifestação do desejo entre mulheres já pode ser encarada como um ato de transgressão, o fato de isto se dar de maneira "escancarada" faz deste ato algo verdadeiramente revolucionário, já que as mulheres vêm adquirindo o direito à voz de maneira muito lenta, gradual, e, de repente, fez-se o grito! Na próxima carta vou mandar os meus comentários, a minha leitura do primeiro livro.

Beijão, Luciana

Rio de Janeiro, 26 de julho de 2002

Dora:

Acho um absurdo você ficar se desculpando pela demora em responder. Mais uma vez lhe digo que a oportunidade de lhe mandar minhas idéias está sendo muito útil e agradável para mim. Às vezes fico pensando se não estou lhe incomodando, mas suas respostas sempre me fazem mudar de idéia. Mas nem pense em pedir desculpas novamente. Leia e me responda quando puder ou tiver vontade. Eu só tenho a agradecer a você, e não desculpá-la.

É engraçado como as idéias vão surgindo, muitas vezes por acaso, quando estamos em um trabalho de pesquisa como o que estou desenvolvendo. Me sinto como uma esponja. Absorvo tudo o que pode ser útil para a dissertação. Estou lhe falando isso para explicar o viés pelo qual vou trabalhar o livro *O último dia do outono*. O título do capítulo vai ser: "*O último dia do outono*: o Bildungsroman lésbico".

Explico. Eu estava na biblioteca do Centro Cultural Banco do Brasil (CCBB) tentando descobrir algum livro interessante sobre o conceito de alta e baixa literatura. Não estava encontrando nada interessante. Comecei a espiar no carrinho onde estavam os livros que iriam ser guardados nas estantes, quando vi um que me chamou a atenção: *O Bildungsroman feminino: quatro exemplos brasileiros*, de Cristina Ferreira Pinto. Eu o peguei emprestado, li e o associei imediatamente a *O último dia do outono*. Pela leitura que vou fazer, você vai entender o porquê da associação.

Em primeiro lugar, vou falar do *Bildungsroman* masculino e dos modelos femininos, apresentados por Cristina Pinto. Depois vou apontar os novos contornos adquiridos por este gênero narrativo neste romance lésbico, especificamente.

Entre 1794 e 1796, foi publicado, na Alemanha, *Wilhelm Meisters Lehrjalvre*, de Goethe. Este livro foi traduzido para o inglês, em 1824, com o título *Wilhelm Meister's Apprenticeship*. Este é o romance que dá origem à tradição do "romance de formação" ou de "aprendizagem".

"O *Bildungsroman* é caracterizado como tal a partir, não da sua estrutura formal, mas sim dos elementos temáticos da obra."[154] É um tipo de romance em que são registradas as transformações psicológicas, emocionais e de caráter que o herói vai sofrendo diante de fatores externos à sua personalidade. Ou seja, a sua interação com o mundo exterior vai acarretar as mudanças em seu mundo interior. Há, ainda, outra característica do *Bildungsroman*. Citando o tipo de definição dado por Karl Morgenstern, no início da década de 1820, Cristina Pinto diz: "Morgenstern define o *Bildungsroman* não só por seus aspectos temáticos mas também por sua função didática, pela *intenção pedagógica* da obra de contribuir para a educação e formação da pessoa que lê".[155] Seria melhor dizermos do *homem* que lê, pois é um tipo de romance em que, tradicionalmente, o herói pertence ao sexo masculino.

Há uma quase total ausência da mulher no *Bildungsroman*. Ellen Morgan realizou um estudo, em 1972, sobre o romance (anglo-americano) "neofeminista" no qual ela afirma que:

> Embora tivesse havido sempre "romances de aprendizagem" feminina, essa aprendizagem se restringia à preparação da personagem para o casamento e a maternidade. Seu desenvolvimento era retratado em termos de crescimento físico, da infância e adolescência até o momento em que estivesse "madura" para casar e ter filhos.[156]

Se o espaço, o destino reservados às mulheres eram apenas esses, aquela que tentasse sair do "esquema" estaria fadada ao fracasso.

> Assim, enquanto o herói do *Bildungsroman* passa por um processo durante o qual se educa, descobre uma filosofia de vida e a realiza, a pro-

tagonista feminina que tentasse o mesmo caminho tornava-se uma ameaça ao *status quo*, colocando-se em uma posição marginal. Segundo as expectativas que a sociedade tinha em relação à mulher, portanto, seu "aprendizado" se daria dentro de um espaço bem delimitado. O "mundo exterior" responsável pela formação do herói do *Bildungsroman* seria, no caso da protagonista feminina, os limites do lar e da família, não havendo margem para o seu crescimento interior.[157]

Bem de acordo com a noção da invisibilidade feminina no espaço público, caberia apenas ao homem a sua interação com ele, sendo a mulher, portanto, totalmente inadequada para o papel de heroína de um "romance de formação".

Na década de 1980 foram desenvolvidos vários trabalhos que procuraram "estabelecer a existência de uma tradição feminina no *Bildungsroman*".[158] Novos nomes, novas categorias foram criadas para tentar definir o "romance de formação feminino". Verifica-se, na literatura de mulheres, dos séculos XVIII e XIX, com freqüência, os *Bildungsromane* "truncados" que seriam, como já vimos, os romances em que o objetivo da aprendizagem feminina seria "prepará-la para cumprir papéis sociais predeterminados e seu desenvolvimento é interrompido uma vez chegada à maturidade física".[159] Afinal, o que haveria para a mulher após isso? O mesmo tipo de texto é encontrado também em obras escritas a partir de 1920, "o que demonstra que o destino da personagem feminina não mudou radicalmente com a entrada do novo século".[160]

A leitura deste tipo de romance pode se dar em duas vias. A primeira delas seria a do exemplo pedagógico mesmo. A segunda seria encarar a interrupção ou o fracasso como um "modo indireto, mudo, de protesto, uma rejeição da estrutura social que exige da mulher submissão e dependência".[161] Mesmo nas narrativas produzidas a partir do movimento feminista dos anos de 1960, quando a protagonista feminina rompe com várias limitações impostas pela sociedade, a escritora não é capaz de definir um destino feliz para a sua personagem, apenas o sugere.[162] São os sistemas de silêncio do discurso feminino, ainda sendo acionados.

Cristina Pinto diz que o *Bildungsroman* feminino é um texto subversivo, na medida em que se apropria de um "modelo" tradicionalmente masculino e o reescreve. Ele

Utiliza um gênero tradicionalmente masculino para registrar uma determinada perspectiva, normalmente não levada em consideração, da realidade. Ao nível da revisão do gênero, o "romance de aprendizagem" feminino distancia-se do modelo masculino principalmente quanto ao desfecho da narrativa. Enquanto em "Bildungsromane" masculinos – mesmo em exemplos modernos – o protagonista alcança a integração social e um certo nível de coerência, o final da narrativa feminina resulta sempre ou no fracasso ou, quando muito, em um sentido de coerência pessoal que se torna possível somente com a *não* integração da personagem no seu grupo social.[163]

Contrariando estes dois modelos, podemos identificar, em *O último dia do outono*, de Valéria Melki Busin, o "romance de formação lésbico", em que a protagonista é feminina, mas os movimentos de transformação, evolução, se dão exatamente como no tradicional modelo masculino. Neste caso são alcançadas a coerência pessoal e a integração da personagem no grupo social.

Valéria Melki conversou comigo, em *off*, e deixou claro que ao escrever o romance não teve a pretensão de produzir "uma grande obra literária". Na verdade, para ela, significou um exercício de militância, com claras "intenções pedagógicas". Como vimos, uma das características do *Bildungsroman* é exatamente a sua função didática. Só que, além da transgressão que já vimos, Valéria subverte o modelo tradicional de outra maneira, bem interessante. Enquanto este serve a uma ideologia dominante, *O último dia do outono* vai servir a uma nova ideologia, representativa de uma minoria sexual. Ele "está a serviço" não de um comportamento que se deseja manter, mas de um novo comportamento que se deseja introduzir, estimular. Ele apresenta novas possibilidades de comportamento e não o reforço dos modelos já existentes.

Para Cristina Pinto, a escritora tem uma participação importante na afirmação do EU feminino, "criando novas imagens femininas, sugerindo possibilidades, abrindo diferentes perspectivas – enfim, contribuindo para o desenvolvimento e o melhoramento pessoal e social da mulher".[164] Valéria Melki o faz em relação à mulher lésbica, mas sem acionar o silêncio, pelo contrário, da maneira mais clara possível.

Narrado em primeira pessoa, o romance é a história de Fernanda, dos quinze aos dezenove anos. Trata-se de uma adolescente que descobre sua homossexualidade a partir do momento em que se apaixona por uma colega de curso. É muito interessante irmos identificando os elementos que compõem este "romance de formação" ao longo da narrativa.

Durante todo o texto dá para perceber, claramente, as lições transmitidas pela autora no sentido de mostrar ser a homossexualidade uma das manifestações possíveis, e perfeitamente naturais, da sexualidade humana.

Por vezes, o texto parece cair no lugar-comum, mas ao prosseguirmos e nos aprofundarmos na narrativa precisamos parar e pensar. Logo no início, Fernanda, referindo-se à sua infância, diz que "sempre brincava na rua mais com os meninos do que com as meninas – adorava jogar futebol e empinar papagaio, brincar de polícia e ladrão".[165] Esta passagem nos faz pensar que o fato de ter sido ela uma menina que preferia brincadeiras consideradas masculinas explicaria, mais tarde, sua preferência por mulheres para se relacionar sexualmente, o que reforçaria uma estereotipia da lésbica masculinizada. Contudo, ela não se descreve absolutamente assim. Ela diz: "Era bonita e atraía a atenção dos garotos".[166] E, bem mais adiante, ela vai se sentir atraída por tipos bem diferentes de mulheres. Cristina, que é "alta, magra, com um corpo bem-feito e seios quase à mostra num decote provocante [...] muito bonita, com cabelos castanhos-claros e olhos verdes brilhantes";[167] e Rosa que

> não era propriamente bela, apesar de ter enormes olhos verdes, que quase cintilavam [...] parecia um moleque. Seus cabelos curtinhos e lisos eram raspados atrás e o topete ficava jogado de lado. Ela era magra, com um rosto fino e muito branco. Seios muito pequenos enfiados em uma camiseta larga. Ela usava *jeans* largos, de número maior do que o dela e um pavoroso tênis preto.[168]

A apresentação dessas duas mulheres vai reforçar não o estereótipo, mas, ao contrário, a possibilidade de uma grande diversidade de "estilos" de lésbicas.

Voltando à questão do *Bildungsroman*, a primeira lição aprendida por Fernanda é a de tolerância entre pessoas de idéias e comportamentos diferentes (olha mais uma vez a preocupação de deixar bem marcada a alteridade). Ela perde a bolsa de estudos no colégio de freiras onde estudava, ao começar a demonstrar rebeldia diante dos dogmas do catolicismo, após o câncer e a conseqüente morte da irmã de dezoito anos. Devido à dificuldade financeira de seus pais, a perda da bolsa significa o mesmo que uma expulsão. Ela então diz que aprendeu "na pele, o exato sentido da caridade cristã que elas sempre pregavam".[169] Neste comentário pode-se afirmar que fica explícito o problema de intolerância da Igreja Católica, em relação a tudo o que vai de encontro aos seus dogmas, seus preceitos, o que ficará claro mais adiante, como vamos ver.

No outro colégio onde Fernanda vai estudar, a diversidade das pessoas fica mais visivelmente marcada, pois a diferença não é percebida apenas nas atitudes, mas na própria maneira de se vestir, já que não há uniforme.

Não ter uniforme era uma grande vantagem, pois as pessoas mais diferentes podiam conviver numa boa. Garota com salto quinze era amiga de bicho-grilo, e assim por diante. Essa mistura foi mais que uma lição, foi uma aula prática de tolerância e convivência pacífica. E eu não era a rebelde, pois todo mundo ali tinha um jeito diferente, ninguém ficava muito marcado por isso.[170]

Há um certo grupinho, no fundo da sala de aula, que desrespeita todo o mundo. Um deles parte para cima de Dinho, melhor amigo de Fernanda, o chamando de viado (o que demonstra a intolerância, a homofobia). Brigam, Dinho leva a melhor e depois Fernanda comenta: "Matheus, como o restante dos caras do fundão, era um grande covarde e nunca mais o amolou".[171] Se este trecho pode indicar a presença de um maniqueísmo simplista, esta idéia se desconstrói quando Fernanda, para se vingar de outro colega, por ele fazer fofoca sobre todas as pessoas, mas principalmente por ele estar namorando Marisa, sua paixão, arma um verdadeiro plano que coloca o rapaz em uma situação bem humilhante e não se arrepende nem um pouco disso. "Eu nunca tinha tido um prazer cínico como aquele, mas tenho que confessar: adorei!"[172]

É interessante como, apesar de se tratar de um texto que possui a intenção de criar um "modelo de identificação" positivo, não há a pieguice de transformar a protagonista em uma heroína perfeita. Pelo contrário, o que vemos é uma pessoa absolutamente comum, com qualidades e defeitos, como todos. O que a aproxima mais das leitoras, contribuindo, assim, para que a identificação seja mais fácil.

Caramba, a toda hora eu perco o fio da meada, mas é que há tanta coisa para falar, para apontar no texto... Enfim, mais uma vez, voltando ao "romance de formação", os pontos mais importantes da trajetória de Fernanda, para sua formação seriam os seguintes: em primeiro lugar ela perde a irmã, perde a escola e se vê obrigada a enfrentar um mundo bem diferente daquele com o qual estava acostumada. São os fatores externos que vão fazê-la aprender a valorizar a tolerância, ao mesmo tempo que expandirão seus horizontes. Ela começa, com os colegas do novo colégio, a freqüentar teatros, *shows*, festas, e diz: "Minha vida cultural melhorou sensivelmente, pois as garotas do Santana saíam sempre para o mesmo programa".[173] Como em um bom "romance de formação", ela tira conclusões importantes e transformadoras das experiências adversas.

Depois ela se interessa por uma menina, sente-se atraída por ela, o que a deixa muito confusa. Daí para diante, a narrativa gira, basicamente, em torno do fato de Fernanda aceitar esta atração. Ela vai, então, passar por várias situações que sempre serão positivas, no sentido de sua auto-aceitação.

Primeiro, o amigo Dinho revela, não sem constrangimento, ser *gay*. Ao que Fernanda reage da melhor forma possível. Ela diz, em uma "lição de maturidade": "Dinho, li uma coisa assim, nem sei onde: 'A natureza oferece mil e uma possibilidades. O ser humano escolheu uma como a certa. Por que não as outras mil?' e achei o máximo. Por que não?".[174]

Ele, por sua vez, lhe garante que acha o seu desejo normal. "O único problema é que sinto medo de ser rejeitado, por isso acabo não falando para ninguém."[175]

Dinho funciona como um primeiro modelo de identificação positivo. É bonito, é homossexual e é feliz. Porém, é homem e tem medo da rejeição.

Aliás, quase todos os personagens homossexuais não "assumem" imediatamente. Só "saem do armário"[176] ao terem a certeza (ou quase) de sua aceitação.

Após a revelação do amigo, Fernanda sente que alguma coisa nela "havia mudado naquelas poucas horas".[177] Ela se aproxima de Marisa e as duas se tornam muito amigas. Em determinado momento, Fernanda resolve "sondar" Marisa para sentir se há condições de se declarar. Marisa a decepciona, dizendo que tem preconceito contra homossexuais.

O texto já vinha dando indícios de que havia possibilidade de esse preconceito existir. Marisa fala a todo momento de sua família "careta" e dá aulas na igreja aos sábados.

Fernanda sabe que Marisa gosta dela, mas pensa: "Preconceito é uma merda, ela não vai admitir nunca, nem para ela mesma, nem para ninguém. [...] O que você queria, Fernanda? Ela é de uma família careta, conservadora, tradicional. Ela é toda enfronhada na religião. Não dava para não ter seqüela".[178] (Mais uma vez a referência à religião, como preconceituosa.)

Ela pensa assim, mas sabe, no fundo, que também tem seus grilos em relação ao que está sentindo. "Quando, pela primeira vez, pensei na palavra homossexual, quase tive um treco [...] Eu me sentia febril, doente, estranha. Em nenhum momento admiti para mim mesma que estava recuando. [...] Armei uma confusão tal em meus pensamentos, que ficou fácil, de repente, colocar a culpa na indecisão da Marisa."[179] Ela se sente estranha, doente, como seria de esperar que as pessoas se sentissem ao terem desejos homossexuais. O preconceito está tão enraizado culturalmente que verbalizar a palavra "homossexual" provoca nela um desespero muito grande. Enquanto não se fala, não está no nível do discurso, não existe. Enquanto ela não se nomear homossexual, não o será.

A rejeição sofrida por Fernanda e o seu próprio medo do que está sentindo fazem com que ela procure um emprego para se afastar de Marisa, já que estudavam juntas todas as tardes. Ela vai trabalhar em uma escolinha de inglês para crianças, cujas proprietárias representam o primeiro modelo lésbico de identificação positiva. Positivíssima, diga-se de passagem. Elas lhe dão apoio incondicional, conselhos e lhe mostram como são felizes juntas. Fernanda pensa:

Sem eu entender bem o porquê, aquela revelação inesperada encheu meu coração de alegria. [...] O efeito daquela intimidade feliz foi absolutamente devastador: comecei inconscientemente a rever meus medos, a achar que aquele relacionamento não convencional era o mais bonito que eu já vira em toda a minha vida. A felicidade delas era contagiante.[180]

Em outra ocasião, Dinho lhe conta que vai morar com o namorado. Fernanda pergunta se a família dele já sabia, como tinha sido a reação dela. Dinho responde: "Fizeram o dramalhão todo, mas já estão começando a se habituar. Depois que conheci o Renato, eles acabaram aceitando melhor, pois viram que nosso amor me fazia bem...".[181] Fernanda não faz nenhum comentário, mas a situação pela qual seu amigo passa demonstra que a família pode aceitar a homossexualidade do(a) filho(a), quando percebe que é isso que o(a) deixa feliz. A maneira bem-humorada pela qual Dinho conta o fato a Fernanda faz com que a situação de "sair do armário" para a família pareça mais fácil do que geralmente se imagina. Ele diz a Fernanda: "Acho que mais complicado do que enfrentar a família é você sufocar um sentimento poderoso como esse. Você deve ouvir o seu coração!".[182] Há uma constância de situações em que são reforçadas a naturalidade de amar pessoas do mesmo sexo e a necessidade e vantagem de se enfrentar o medo da rejeição, para se permitir viver um amor.

Enquanto está vivendo seus conflitos internos, Fernanda começa a namorar um rapaz, chegando a ficar noiva dele.

Eu até gostava de fazer sexo com ele, mas não sentia aquele arrebatamento que minhas amigas da faculdade falavam. Era visível que Lupe me amava profundamente. Isso, às vezes, me assustava, pois eu não sentia a mesma coisa por ele. Mesmo assim, gostava de me saber tão amada. De algum jeito, aquilo me dava segurança.[183]

Tudo indica que está tentando se "enquadrar" ao molde que é exigido da mulher pela sociedade. O namoro, noivado e casamento com um rapaz bom que a ama. Mas há também a preocupação de ficar bem clara a insatisfação da moça com a situação:

Mas algo não andava bem comigo, eu me sentia vazia. Faltava alguma coisa, eu não sabia bem o que era. Às vezes, eu ficava triste sem motivo. Às vezes achava que a vida sem sustos, mas também quase sem emoção, não era o que eu sonhara. Sempre que isso acontecia, porém, eu fingia ignorar meus sentimentos, deixava para pensar mais tarde. Adiava tudo, sempre adiava.[184]

Após longo tempo sem se verem, Fernanda sai com Marisa e esta a beija, mas sai correndo, foge. Fica claro que há desejo de ambas as partes, mas, em função do preconceito da outra, a relação não se concretiza.

Dinho, então, começa a levar Fernanda aos guetos homossexuais. Ela vai a boates, onde beija outras mulheres. A naturalidade que percebe nas outras lésbicas a faz criar coragem para se deixar sentir o desejo homossexual. Contudo, sua aprendizagem ainda não está completa. Ela ainda não tem coragem de contar ao noivo e à família sobre os seus desejos homossexuais e passa a levar uma vida dupla. Fernanda está tão confusa que chega a procurar uma "vidente" que lhe adverte sobre uma possível vingança do noivo e lhe garante que ela ficará com a "moça de olhos negros". Fernanda só se detém nesta última parte, que lhe soa como uma esperança, uma promessa de felicidade.

Está se aproximando a prova mais difícil, em que Fernanda terá de, finalmente, se decidir a aceitar-se com seus desejos anticonvencionais. O noivo a flagra beijando uma mulher na saída de uma boate *gay* e termina o relacionamento com ela. A situação constrangedora a faz refletir (mais uma vez os fatores externos provocando uma mudança interna, um amadurecimento) e chegar à conclusão de que "beijos vazios e aventuras banais não era exatamente o que queria para mim. [...] Eu queria namorar. [...] Queria cinema, passeio de mãos dadas ao luar, ganhar flores de repente. E o pior: queria que tudo isso acontecesse com a Marisa".[185] Ou seja, queria ter o direito de fazer coisas que todos os casais heterossexuais fazem. Fica clara aqui a mágoa por não se ter o direito de beijar, abraçar a parceira do mesmo sexo, a não ser dentro do gueto.

O ex-noivo então conta sua "descoberta" aos pais de Fernanda. Eles têm uma péssima reação. A mãe lhe diz:

Mas pára com essa bobagem, onde já se viu, você beijando uma mulher! [...] Estou tão decepcionada! Eu nunca podia esperar uma coisa dessa de você! [...] Fernanda, vamos deixar as coisas bem claras: se você quiser continuar aqui, vai ter que parar com... com... isso. Você foi longe demais![186]

Fernanda, posta em teste, resolve, de vez, depois de tudo pelo que havia passado, todo seu amadurecimento, se manter firme e assumir sua homossexualidade. Sai de casa. Obviamente, como estamos falando de um romance em que o interesse é demonstrar que vale a pena "assumir" seus desejos, manter sua vontade firme, Fernanda vai receber todo o apoio de suas amigas e se hospeda em sua casa "pelo tempo que precisar".[187] Já no caminho da casa delas, o alívio de se sentir livre começa a fazer compensar sua atitude. Ela vai pensando: "O casulo tinha sido rompido à força, mas o vôo podia ser grandioso, belo. Cheguei na Aclimação quase feliz, porque sentia que pela primeira vez eu tinha tomado uma atitude coerente".[188] As amigas lhe dão um teto e todo o apoio para que mantenha sua decisão firme e inabalável, apesar do medo. A amiga diz:

Você está fazendo a coisa certa. Se você abaixasse a cabeça agora, nunca mais ia ter direito de ser você mesma. Você está tomando uma atitude corajosa e dura, mas correta. Eles vão ter de pensar no que fizeram e vão reconsiderar. Você vai voltar para junto deles fortalecida, de cabeça erguida.[189]

E ela, é obvio, vai ser recompensada por seu amadurecimento e sua coragem. Seus pais, depois de certo tempo, realmente reconsideram e capitulam. A mãe lhe telefona, se desculpa e lhe pede que volte para casa. Fernanda descreve a sua volta para casa, seu reencontro com a mãe.

Desci do carro e ela já estava ali, do meu lado, me envolvendo num abraço terno, acolhedor. Se eu tivesse qualquer dúvida sobre as intenções dela, teria acabado naquele instante. Senti que ela estava totalmente desarmada, preparada para me receber amorosamente. [...] Agora eu sabia que eu tinha meu lugar. Em casa e no mundo.[190]

Definitivamente um *Bildungsroman* lésbico, concorda? Após todas as provas, todas as experiências enfrentadas em sua relação com o mundo, a heroína cresce, atingindo sua coerência interna, e se integra ao mundo. Tudo declarado de maneira óbvia, literal. Ah! Faltou o arremate, a recompensa final. Marisa resolve ficar com ela. Não é colocado o processo pelo qual Marisa passa para atingir o seu desenvolvimento e também assumir uma relação homossexual. Mas, enfim, o que importa no "romance de formação" é mesmo o desenvolvimento do herói (aqui, da heroína).

Gostaria de destacar dois trechos interessantes do romance, em que Valéria faz quase que uma "autodefesa", uma justificativa para o fato de ter escrito o livro. O primeiro é logo no início. Fernanda está no quarto de Marisa estudando e começa a olhar sua estante. Vê Drummond, Machado de Assis, Dostoievski, Jorge Luís Borges, Sartre etc. Ou seja, fica evidente, pela seleção, que Marisa é uma leitora sofisticada, "treinada". Mas Fernanda descobre "num cantinho, quase que dissimulados, vários romances policiais de Agatha Christie"[191] e brinca com a outra, como se tivesse dado um flagrante, "pego" algo errado. Ao que a outra responde: "Adoro os livros dela, são um ótimo passatempo. Qual é? – desafiou – Só posso gostar de alta literatura?".[192] Engraçado como Valéria coloca esta situação como para validar seu texto, já que não o considera (nem ela nem a crítica) como alta literatura. Apenas uma literatura de entretenimento. Em outras palavras, a mensagem que fica é a seguinte: mesmo leitores(as) sofisticados(as) podem ler literatura de entretenimento e gostar. Pessoalmente, lamento essa postura, pois contribui para manter a distinção. Não vejo a menor necessidade de "desculpa", mas enfim...

Mais adiante ela vai reforçar a "defesa", apontando a importância desse tipo de texto, como "instrumento", na procura do modelo de identificação positivo. Fernanda procura Clara e Suzi, suas amigas lésbicas, para conseguir livros que falem sobre o tema do lesbianismo. As amigas lhe emprestam *O poço da solidão* e comentam: "É um clássico, bem antigo. O final é muito fraco, mas mesmo assim vale a pena".[193] Não preciso nem comentar, né? Emprestam *Carol*, de Patricia Highsmith, *Adeus maridos, Julieta e Julieta, Preciso te ver* e outros. Fernanda os lê e comenta que o livro de que mais gostou foi *Adeus maridos*, por se tratar da coletânea de depoimentos de várias mulheres que "jamais se arrependeram de ter abandonado maridos e lares constituídos para viver o amor por outras mulheres. Viraram todas minhas heroínas".[194] A importância dessas leituras fica bem clara, quando Fernanda diz que resolveu dar um primeiro passo rumo à aceitação de sua homossexualidade, após tê-las feito. "Inspirada nelas, dei um basta na minha lentidão e tomei um atalho seguro: liguei para o Dinho. [...] Vamos sair? Queria conhecer outros lugares *gays* da cidade."[195]

Valéria ensina, dá indicação bibliográfica e tudo. Na falta de Claras, Suzis, Dinhos e outros amigos "reais" que Fernanda teve, a leitura pode fornecer os modelos positivos de identificação, muitas vezes necessários para que as mulheres passem a se aceitar mais e deixem de se sentir "estranhas, doentes" e anormais por terem desejo por outras mulheres.

A primeira definição simplista que li, não me lembro mais onde, que chama a literatura de Valéria Melki de Manual de Auto-Ajuda, perdeu o sentido, pelo menos para mim, após a minha leitura mais cuidadosa e detalhada e, principalmente, após a minha compreensão de que a falta de "camuflagem" no texto, a linearidade textual, a obviedade são aspectos de um "estilo" atual da literatura lésbica, que está em um momento, em uma proposta de abandonar o silêncio. É um texto que não tem segundas nem terceiras intenções. Muito pelo contrário. Estas se fazem claras do início ao fim da narrativa.

E, de qualquer maneira, independentemente de análises teóricas, a julgar pelo que Valéria me falou ao telefone, seu romance vem sendo muito bem recebido pelo público. Ela me disse que, surpreendentemente, inclusive para ela mesma, *O último dia do outono* foi o segundo título mais vendido, do Grupo Editorial Summus, na 17ª Bienal Internacional de Livros de São Paulo, em 2002.

E pude constatar outro fato importante: na Saraiva Mega Store, o livro está junto com os outros romances brasileiros, arrumadinho na estante, em ordem alfabética. E daí? Alguém pode perguntar. Daí que, até algum tempo atrás, livros como ele ficavam na seção de Psicologia. Pode?

Puxa vida, desta vez bati o recorde, né? Como já te disse antes, volto a repetir. Leia quando puder e quando tiver vontade.

Beijos, Luciana

Rio de Janeiro, 1º de setembro de 2002

Dora:

Não me contive e não esperei sua resposta. Aproveitei o embalo e fiz a leitura do segundo texto. Afinal, essa é, para mim, a parte mais agradável: trabalhar em cima do texto ficcional. O segundo livro que vou trabalhar é *Julieta e Julieta*, de Fátima Mesquita. Mandei algumas perguntas para ela e, pelas respostas, pude perceber que ela tem idéias completamente diferentes das de Valéria Melki. Enquanto esta encara sua literatura como "instrumento de militância", Fátima afirma procurar escrever de maneira absolutamente lúdica. Segundo ela, o que quer é brincar com as palavras. "Eu gosto é da palavra, do som dela..."[196] Declara seu total descompromisso com a "imagem positiva", sobre a qual venho falando:

> mesmo porque a idéia do que é positivo aí é complicada. O que a Laura [Bacellar] acha que é positivo me soa às vezes artificial. Mas repito: acho que tem um lugar no mundo aí para o que a Laura está batalhando. E eu não quero julgar nada e nem ninguém. Como disse antes, não sou escritora, não sou artista, não sou acadêmica, não tenho compromisso, tento não ter pudor e o mais importante: não estou querendo impor minhas idéias, limites e *big* etc. nem a nada nem a ninguém. [...] Mas então me sinto meio livre: nem preciso ficar na fôrma de uma editora nem na obsessão de fazer rupturas, reinventar a roda da linguagem disso ou daquilo. Sou simples, plana, talvez até obtusa.[197]

Ela faz uma observação muito interessante ao dizer que, quando *Julieta e Julieta* foi publicado, não saiu nenhuma crítica a seu respeito e, nas vezes em que foi chamada para dar entrevistas, elas não versavam sobre o livro e sim sobre o fato de ser ela uma escritora lésbica e publicar sem utilizar pseudônimo. Fátima declara: "O fato é que o que a gente escreve não é levado a sério, não faz marola fora do mundo lés. Nem meus amigos hetero se dão muito ao trabalho de ler".[198]

Esta reclamação procede totalmente. Como já comentei com você, até há bem pouco tempo escassos estudos eram realizados sobre a literatura com temática lésbica. Luiz Mott, em seu *O lesbianismo no Brasil*, conta que,

> solicitando a dezenas de pessoas eruditas que me indicassem títulos de livros e nomes de autores nacionais que tratassem do lesbianismo, pouquíssimas tinham o que dizer além de citar, meio constrangidas, três ou quatro títulos de autoria de Cassandra Rios e Adelaide Carraro. [...] mas sobre as lésbicas brasileiras, um grande silêncio. O próprio autor destas linhas confessa sua desinformação até o momento que resolveu aprofundar a pesquisa bibliográfica.[199]

Apesar de afirmar seu total descompromisso, nos textos de Fátima vemos que a subjetividade lésbica vai sendo construída no nível do discurso. Ao colocar várias personagens lésbicas como pessoas absolutamente comuns, retira-as de um lugar de não-existência, mas sem lhes dar uma "aura" de alguma coisa especial, diferente, apartada do resto da humanidade. Logo, o próprio fato de escrever textos com estas personagens, dando voz a quem não tem, já será, por si só, um ato de transgressão, e não apenas algo que ela faz para se divertir, como pode deixar transparecer em sua fala. Além do mais, seja do conhecimento do escritor ou não, a ficção vai retrabalhar os lugares congestionados do imaginário cultural, e pode ser vista como uma tecnologia de gênero que pode abalar, ou instituir, implantar, reimplantar ou rediscutir os conceitos de gênero com que opera o tecido social.[200] Suas personagens vão dar uma "espanada" neste imaginário, na medida em que vão se mostrando ao leitor.

Julieta e Julieta é um livro de contos que funciona quase como uma galeria, onde se expõem os mais variados tipos de relacionamento lésbico. Fátima disse que a idéia de escrevê-lo nasceu no carro, voltando da casa de amigas

> recém-entronizadas no posto de muito queridas[201] e aí tem essa coisa de ficar o povo sempre falando sobre como cada um se descobriu homossexual e eu acho isso lindo, lindo mesmo. Porque é tão variado! E pra alguns dói, pra outros vem natural, tem nego que se

toca já quando está numa certa madureza e outros se sentem de algum modo diferentes desde que usavam fraldinha. Então, o livro já nasceu assim, como pequenas historietas de gente que ia se descobrindo amante do mesmo gênero.[202]

E, "uma vez que as sociedades heterossexistas interpretam as lésbicas de modo invisível e indizível, mostrar e nomear um grande número e variedade de mulheres como 'lésbicas' pode ser um ato político".[203] O livro se abre com o conto "A espanhola". Trata da iniciação lésbica de uma adolescente, por uma mulher mais velha, casada e com uma filha pequena. Esta mulher, na verdade, representa uma figura muito polêmica: a bissexual, que "permanece um personagem profundamente ambíguo e muitas vezes malvisto tanto pelos hetero quanto pelos homossexuais".[204] "Não se define. Não é uma coisa nem outra", como já ouvi uma amiga, lésbica militante, dizendo.

Neste conto, outro aspecto bastante polêmico, principalmente nos dias de hoje, em que a pedofilia vem sendo bastante discutida, é o fato da personagem narradora ter apenas catorze anos. Fátima, com as duas personagens, desafia a moral sexual normalmente aplicada às relações heterossexuais, em que o ideal é o "casal feliz",[205] ou seja, dois homens ou duas mulheres, de preferência maiores de idade, com um saudável relacionamento sexual/afetivo. Segundo esta moral, práticas como pedofilia e promiscuidade caracterizariam a(o) homossexual desajustada(o).

Em "A espanhola", contudo, a última coisa que poderíamos dizer que houve foi abuso sexual. Houve, sim, e aí me lembrei do "Sargento Garcia",[206] do Caio Fernando Abreu, uma libertação, o afloramento/defloramento, o reconhecimento, por parte da narradora, da própria homossexualidade. Criada em uma cidadezinha do interior, filha de comerciante local, a menina se sentia desajustada e apavorada diante do possível destino dos membros de sua família, segundo o qual "Quando alguém crescia um pouco, atingia os dez, onze anos, encostava a barriga no balcão do comércio e ficava por lá até morrer dentro daquilo. [...] Eu odiava aquilo. Queria ver coisas, gentes, filmes, livros...".[207] Além disso, sentia que alguma coisa estranha estava acontecendo com ela.

Eu não queria saber de sair e dançar, beijar os meninos. Tinha era a esperança de que alguma princesa, de repente, me visse como seu príncipe. Que alguma mulher me olhasse, se encantasse, me amasse, me desejasse... Quem sabe aquilo não seria possível? Pois aquela espanhola me remetia a esse universo do possível. Sei lá eu bem por quê... Talvez porque ela me parecesse moderna, de outro mundo, outra galáxia, falando outra língua...[208]

A espanhola representa aquela que vem de fora, a que fala outra língua, outro código, portanto não está presa àquele sistema vigente na sociedade conhecida pela menina. O ritual de sedução encenado pela espanhola (sem nome, apenas um instrumento de libertação, de iniciação a uma nova possibilidade de vida) é descrito pela menina exatamente assim, como "um rito fantástico de iniciação ao delirante mundo do pecado...".[209] Mais adiante, quando estão nuas, juntas, dentro da banheira, em pleno ato sexual, ela pensa: "Eu estou sem nada: sem medo, sem preconceito, sem idéia de como serei, de como tudo será depois daquilo...".[210] Ela, ainda presa a seus antigos códigos de pecado, diz que a espanhola "mordisca outra parte, aquela que eu nem nomeio".[211]

Não há paixão, não há desejo de posse: "Para mim pouco importava que ela não fosse só minha".[212] Mais uma vez há a quebra do modelo vigente, no qual uma "das idéias preconcebidas e que aparece com freqüência na literatura é que entre as lésbicas a sexualidade não tem relevância e elas priorizam as carícias amorosas e o sentimento".[213] Neste conto há a relação homossexual, como instrumento de libertação, que representou, para a protagonista "o começo da minha vida, uma espécie de terra prometida".[214] A menina, afinal, sai da cidade onde mora e vai estudar, como queria.

Outro conto bem interessante é "Um clarão no escuro", em que a personagem-narradora é uma moça mais velha do que a do anterior, trabalha, estuda e se diz *gay*. Manteve um relacionamento fixo, um "único e longo lance com uma amiga de infância que também me tinha como primeiríssimo caso".[215] Após o fim desse "lance", ela é apresentada a Olga por Marcelo, um colega de faculdade, também *gay*, para ser "introduzida" no mundo homossexual, nos bares, enfim, nos guetos, já que a moça, segundo Marcelo, "tinha larga experiência nessa vida desregrada e conhecia todo mundo do ramo".[216] Engraçado como não há, mais uma vez, a presença dos códigos de moral vigentes, pois o fato de uma moça desejar cair na tal vida desregrada, tendo outra como "cicerone no tal mundinho",[217] é apresentado com a maior naturalidade.

Mas o aspecto mais interessante do conto é o fato de ser Olga, uma mulher extremamente masculinizada. A narradora diz que a reconheceu de longe,

> porque ela era um caminhão, para lá de máscula e [...] por isso mesmo, quase morri de vergonha quando ela me propôs que a gente seguisse lado a lado. [...] Morri de vergonha porque até então achava que devia andar sempre recoberta por um manto de anonimato. E que isso era uma espécie de seguro contra súbitos ataques de preconceituosos de qualquer natureza. Mas a Olga não... Ela andava praticamente com uma placa dependurada no pescoço: lésbica, lésbica, sapatão![218]

Pela mão de Olga, ela conhece o gueto e descobre que não era "um lugar só de santo [...] que aquilo ali era só um recorte do mundo. [...] Ali dava de tudo: gente louca, gente séria, gente engraçada, gente sem escrúpulos e gente boa também".[219] Ao nos contar sua "descoberta", ela dá ao leitor a medida exata da alteridade que existe em todos os lugares do mundo. Marca bem a noção de diversidade, da inutilidade de criar um tipo de lésbica, ou seja do que for, pois várias identidades coexistem e sempre vão coexistir, infelizmente, nem sempre de maneira pacífica, como já comentamos.

E, se ela, a princípio, sente vergonha de Olga, vai acabar se descobrindo apaixonada por ela. Vão se declarar e aí é que está o "grande barato" do conto. Há, na descrição do primeiro beijo entre elas, a representação perfeita do par *butch/femme*, como vou lhe mostrar.

> Ela se mexe como se fosse minha dona, como se eu fosse sua propriedade. Parece que sabe os caminhos de cor... E aquilo me desassossega um tanto. Porque ela é diferente da minha eterna amiga de infância, daquela cumplicidade, do jogo de descobertas. Com a Olga é outra coisa. Outro alfabeto, outras siglas. Ela me guia. Eu sigo. Ela

fala. Eu escuto. Estou nas mãos dela, nem sei bem por quê, ou como. [...] o que sinto por ela. Desejo e repulsa. Vontade e arrepio. Carinho, estranheza. Sei lá... [...] Penso que é melhor deixar essa implicância de lado. Ouvir com cuidado, com carinho, sem medo. Os sons às vezes têm nuances que só quem quer pode escutar.[220]

Essa descrição passa a exata noção de "dominação" que a mulher masculinizada exerce sobre a outra, guiando seus gestos e a própria ação. Como já vimos, essa seria a reprodução do modelo de relação heteropatriarcal. E que

A bela e a fera seriam as imagens que concedem à homossexualidade feminina (segundo Denise Portinari) uma certa inteligibilidade aos olhos do mundo e da linguagem e o fazem porque encenam o modelo de gênero pautado pelos conceitos masculino/ativo, feminino/passivo. Assim, o discurso em que estão inseridas se tece enquanto expressão de uma relação de poder na qual a possibilidade de mutualidade erótica, inclusive, estaria comprometida pelo princípio que o constitui, qual seja, o de dominação e submissão.[221]

Sim, poderíamos pensar, então, que há aqui o reforço do estereótipo da "lésbica caminhoneira". Não podemos nos esquecer, contudo, que há aquela "descoberta" já confidenciada a nós, leitores, de que o que há, seja no gueto ou em qualquer parte do mundo, é uma grande diversidade. Portanto, mesmo que fizéssemos a leitura deste conto separada do restante da obra, não poderíamos falar de "reforço de estereótipo", apenas da constatação da existência das lésbicas masculinizadas *também*. E essas "caminhoneiras" podem manter relacionamentos de "dominação" ou não.

O conto "Marta em março" vai nos mostrar exatamente isso: o outro tipo possível de "caminhoneira".

Marta era uma coisa sem nome, sem forma, um animal que não se podia dizer, à primeira vista, se era fêmea ou macho. Tinha a cabeça raspada e um vinco dobrado assim como se fosse um vê feito de cada lado da boca, além de um *piercing* doendo na beira de uma das narinas – a esquerda, para ser mais exata. E esse conjunto dava a ela um aspecto agressivo, apenas suavizado pelos olhos pretos e muito miúdos que passavam a maior parte do tempo espremidos, como se ela fosse míope e estivesse se esforçando para ler qualquer palavra.[222]

Apesar da aparência agressiva, todas as iniciativas da difícil e demorada sedução partem da outra personagem, que, apesar de não se descrever claramente, não deixa, nem por um momento, passar a idéia de que possui uma imagem tão ou mais masculinizada que Marta, que se diz "um bicho muito tímido".[223] Com esse discurso vai ficar claro que, melhor do que dizermos que existem vários "tipos de lésbica", seria dizermos que existe um "tipo de lésbica", "um tipo de *gay*", um "tipo de hetero" para cada habitante deste nosso planeta.

Há um último conto que eu gostaria de destacar por alguns motivos especiais: "A viúva". O "final feliz" exigido e repetido em todos os outros se perde aqui. Talvez por retratar bem questões muito importantes e delicadas para a militância lésbica, na busca de seus direitos civis, este conto tenha passado incólume pelo crivo do "*happy end*". Além do mais, apesar de a personagem estar sofrendo ao perder a companheira de 37 anos, o que fica em suas memórias é a imagem de uma relação se não perfeita, feliz.

> Por longos doze anos eu vivi um grande amor. Não. Não é isso. Talvez o amor não fosse tão grande assim. Mas o perdi. É irremediável. E amores, afinal de contas, não são coisas mensuráveis. Não há balança, fita métrica, nada assim que valha. Era tudo em mim. E eu o perdi. E com a perda, esse viés imenso, o amor cresce. O amor fica muito maior ainda.[224]

No desenrolar do conto, vemos as reflexões de uma mulher que, devido ao preconceito social, não pode sequer chorar "direito" a perda da companheira. "A família dela me mataria. Como veio matando a mim e à Teresa durante esses anos todos. Apunhalando um pouquinho todo dia, com jeitinho, com educação."[225] Este trecho deixa bem claro, para os leitores, o sofrimento causado às pessoas pelo preconceito.

No final do conto, uma questão importantíssima é sugerida: "Ligaram. Era o irmão dela. Amanhã à tarde eles passam aqui junto com o advogado".[226] A presença do tal advogado deixa implícita a briga judicial que a personagem provavelmente terá de enfrentar pelos bens. Não esqueçamos que ela fala em doze anos de vida em comum, logo deduzimos bens adquiridos conjuntamente. A questão levantada é a da união de homossexuais, ainda não regulamentada no Brasil, fato que deixa, muitas vezes, viúvos ou viúvas homossexuais em sérias dificuldades legais.

Nos outros contos vão aparecer mulheres que se descobrem atraídas por outras aos cinqüenta anos, primas mal entradas na puberdade que se confessam apaixonadas, enfrentando o medo, enfim... Mulheres "femininas", "masculinas", dominadoras, dominadas, amigas, cúmplices, há de tudo. Há a "oferta" de todos (ou quase) os modelos de identificação para as leitoras. Isso, mesmo à revelia do que Fátima Mesquita diz ao se pretender isenta de qualquer compromisso com a tentativa de impor suas idéias.

A tentativa de "criação de um modelo positivo de identificação" para as lésbicas é um processo ambíguo, pois pode gerar um novo tipo de exclusão.

> Definir uma identidade é criar ao mesmo tempo um campo de exclusão, uma dimensão de verdade: à verdadeira mulher corresponderia a verdadeira lésbica. De que direito uma imagem disporia ao tornar-se mais verdadeira que outra? [...] Recusando-se a definições limitativas para o lesbianismo, pode-se abrir um campo de estruturação do corpo capaz de constituir um novo perfil de identidade social, rasgando as redes simbólicas que prendem o humano a identidades fixas. Um novo sujeito do desejo não é senão o contra-imaginário que abre suas asas, pronto para outros espaços de relacionamento: como mudar a realidade sem um novo espaço simbólico que trace, por sua vez, novas imagens dos corpos?[227]

Mas Fátima Mesquita não cria um modelo. Pelo contrário. O que faz é apresentar os mais variados tipos de pessoa. Ela se bate com as tecnologias de reprodução de gênero, que tentam reinstalar, no imaginário, as imagens estereotipadas do *"macho-man"*, da *"femme fatale"*. Ao contrário dos meios de comunicação de massa, que geralmente reproduzem os papéis de gêneros,[228] ela tenta, mediante a construção de um discurso em que circula sua galeria de personagens, rasgar essas redes simbólicas que criam a noção das identidades fixas do sujeito.

Gostei muito do livro. Eu o emprestei, inclusive, a uma amiga (hetero) que também gostou bastante. Este fato, contudo, não invalida o que a Fátima Mesquita falou a respeito do interesse quase exclusivo de lésbicas por livros com esse tema. Minha amiga só o leu por minha causa, digo, porque eu o recomendei e emprestei. Mas eu penso que dificilmente ela o teria comprado por interesse próprio. Ainda não há divulgação suficiente desses livros como literatura simplesmente. Eles vêm sempre com um rótulo: "literatura lésbica". Mas, como lhe falei, em relação a *O último dia de outono*, parece que as livrarias estão começando a desfazer esta distinção, misturando-os com os outros tipos de romance/conto.

Beijos, Luciana

17

A Tânia Vieira

Rio de Janeiro, 3 de setembro de 2002

Taninha:

Que bom que você gostou do livro. Fiquei muito feliz. Sabe por quê? Eu estava escrevendo para a Maria Auxiliadora sobre *Julieta e Julieta* e contei a ela o que a Fátima Mesquita me falou: que os livros de temática lésbica geralmente só interessam às lésbicas.

Quando ela me disse isso, eu fiquei pensando: "Por que será que isso ocorre?". Quando você me disse que gostou, eu acabei chegando à conclusão de que o desinteresse não é baseado em preconceito, por parte dos leitores, mas por uma total desinformação a respeito desse tipo de livro. Fala-se em "contos lésbicos", e não em "contos" simplesmente. Imagino que a maioria das pessoas acaba pensando que se trata de pornografia, ou coisa que o valha, como é o caso daquele filme sobre o qual te falei, *Desejo proibido*, lembra? Mas aí uma "mãe de família", hetero, como você, acaba lendo, por insistência de uma amiga sapata, e descobre que são interessantes e divertidas histórias de amor, de paixão, ou de casos passageiros. Enfim, histórias de relacionamentos humanos. E que não doeu, nem nada.

Engraçado como esse tipo de desinteresse não ocorre em relação à literatura policial, por exemplo. Se o mesmo raciocínio fosse válido para ela, só seria lida por policiais, detetives etc.

Isso ocorre com livros para médicos, para advogados, para economistas, ou seja, com livros especializados, que possuem locais próprios nas livrarias. Eu estava comentando com a Maria Auxiliadora que ocorria a mesma coisa com a "literatura lésbica". Os livros eram colocados nas estantes de Psicologia (ha, ha, ha), mas já pude verificar uma mudança. Já encontrei *O último dia do outono* junto com os outros romances brasileiros, em uma livraria. É um passo no caminho do fim da distinção, da exclusão, você não acha?

E aí? Como estão as crianças? Se eu conseguir acabar de escrever antes do final das férias, vamos pra Visconde? Aí a gente solta os garotos no terreno, faz aquele abacaxi com vodka e coloca os papos todos em dia... Fala a verdade, você deve estar de saco cheio dessa dissertação, né? Assunto exclusivo dos últimos seis meses (pelo menos).

Liga não. Eu estou adorando!

Mas, se eu não conseguir, a gente vai no meio do ano. É até melhor, pois não chove tanto. Tá?

Beijos, Luciana

18

A Maria Auxiliadora Cintra

Rio de Janeiro, 9 de setembro de 2002

Dora:

O terceiro texto que eu vou trabalhar é *Preciso te ver*, de Stella Ferraz. Nele há algumas características muito interessantes e peculiares. Enquanto nos livros da Valéria Melki e da Fátima Mesquita as personagens são pessoas comuns, de fácil identificação popular, no livro de Stella há um excesso de *glamourização* das personagens principais. Eu poderia dizer que não há uma identificação possível para a maioria das brasileiras. Adélia, a protagonista, pertence a uma família tradicional de São Paulo. Todos trabalham, mas em empregos condizentes com o *status* social que chega a incomodar a moça, para quem revela-se, ao entrar no curso de Letras da USP, "um mundo rico, instigante e diferente do seu. Descobriu, fascinada, a multiplicidade de opções e jeitos de viver e olhar o mundo. Aprendeu que o sobrenome, que em seu meio costumava acrescentar, agora subtraía".[229] Ela, para seu próprio espanto, se apaixona por Eva, dona de uma agência de publicidade, descrita como uma mulher

> Alta, de beleza madura, cabelos claros e longos, de um dourado suave, puxados severamente para trás. De ascendência européia, provavelmente alemã, próxima dos 40. Elegante num conjunto clássico, com um lenço Hermès a quebrar a sobriedade do traje e a real-

çar a beleza de seus cabelos. Nos pés, um delicado sapato de salto alto que resiste bravamente à enxurrada.[230]

Dá para perceber, claramente, que o que se pretende é criar não uma possibilidade de identificação, mas modelos que se podem invejar, admirar, cobiçar, até. É um mundo etéreo, de mulheres lindas, perfumadas, elegantérrimas e lésbicas. Mais ou menos como aquelas personagens da novela *Torre de Babel*, das quais já falei.

Há também a preocupação em mostrar o gosto cultural sofisticado das moças. A família de Eva, por exemplo, entretinha-se "tocando música de Mozart, Schumann, Mendelssohn e Beethoven. Formavam um quarteto de cordas harmonioso: o pai no celo, Eva e a mãe ao violino, a irmã Ingrid na viola".[231] Há outras duas personagens que colecionam vídeos raros, adquiridos na Europa, nos EUA etc.

A autora, contudo, se preocupa em ser politicamente correta e apresenta outras personagens menos sofisticadas, algumas de aparência andrógina. Há, inclusive, um romance inter-racial. Mas são personagens periféricas. As centrais são femininas e sofisticadas, reforçando o *glamour*.

Li um trabalho sobre a revista *Sui Generis* e penso que posso encaixar o que o autor diz na leitura de *Preciso te ver*:

> A *Sui Generis*, ao mesmo tempo que tem por "missão editorial" uma elevação da auto-estima de seus leitores ao dizer que *gays* são bons consumidores, gostam de cultura, são inteligentes, entre outros clichês, deixa de fora uma enorme massa de indivíduos que, mesmo tendo desejos semelhantes aos *gays* retratados na revista, não possuem renda suficiente para consumir os produtos anunciados. [...] O retrato *gay* consumista, individualista e vaidoso pintado pela revista retrata portanto uma minoria dentro da minoria. Ou seja, ao mesmo tempo em que a revista busca abrir espaços para uma população excluída, vítima de abusos e preconceitos, o modelo proposto para a integração na sociedade é muito particular e fora do alcance da maioria dos indivíduos...[232]

Esses conceitos se aplicam perfeitamente às personagens de *Preciso te ver*. Por outro lado, o investimento na construção de uma imagem lésbica positiva procura fugir da estereotipia da lésbica como mulher masculinizada e infeliz, ou ainda, foge das "representações convencionais do homossexual na mídia brasileira, como marginal ou palhaço".[233] Eu me lembro de uma personagem "sapatão" em um programa humorístico. Não me lembro do nome dela nem do programa. Sei que era interpretada por Cláudia Raia. Era presidiária, supermachona, e as piadas eram todas feitas em cima de sua masculinidade e do fato de ela e de as colegas de presídio a considerarem como homem.

A proposta de Stella Ferraz vai ao encontro da militância lésbico-feminista, que deseja desconstruir os estereótipos de gênero. Há um trecho interessante, em que uma das amigas de Adélia comenta que Eva era homossexual. Adélia fica admiradíssima e diz que a outra não parecia. "'Só faltava isso, a gente ter que levar escrito na testa', respondeu Dorotéia num tom irritado."[234] Aqui se faz bem clara a crítica a este tipo de pensamento cristalizado no imaginário social. Ao fazer minhas pesquisas, descobri que a própria Simone de Beauvoir, "arauto do feminismo contemporâneo",[235] tinha idéias profundamente confusas em relação às lésbicas.

No *Segundo sexo*, obra fundadora das teorizações feministas, de Beauvoir mostra-se indecisa a respeito do lesbianismo: navega nas águas do senso comum, dos estereótipos, da "autoridade" dos testemunhos, mas apresenta em certos momentos uma análise aguda das imagens construídas sobre preconceitos. [...] Afirma que não existe um destino sexual a governar a vida [...] afirma a liberdade de escolha na coerência da pessoa. [...] O lesbianismo seria então uma escolha pessoal, "existencial". [...] Mas, recuperando as imagens estereotipadas, o lesbianismo aparece também como fracasso de uma sexualidade "normal", último refúgio das mulheres cujo físico ingrato não atrai os homens e por isso tratam de imitá-los.[236]

Simone de Beauvoir diz: "a lésbica gostaria muitas vezes de ser uma mulher normal e completa, embora não o querendo. [...] Inacabada como mulher, impotente como homem, seu mal-estar traduz-se às vezes por psicoses".[237] Ela afirma ainda que, em alguns casos, algumas mulheres se "entregam à inversão" devido à "ausência ou malogro de relações heterossexuais".[238]

As personagens de Stella arrasam com esses conceitos, uma vez que suas personagens são perfeitamente capazes de atrair os homens, além de o lesbianismo não aparecer como um consolo, uma única chance de não viver sem amor.

Outra grande preocupação é a de apresentar as mulheres como profissionais competentes e bem-sucedidas. Adélia desenvolve, inclusive, uma relação interessante com Eva, sua diretora. Me lembrei da pederastia grega, em que o homem mais velho ensinava, educava o rapaz mais novo. Adélia, doze anos mais nova que Eva, se sente atraída por seu corpo, mas a todo momento fica clara sua admiração pelo profissionalismo da outra, que a ensina, burila, a faz crescer profissionalmente. Ao trocar impressões sobre Eva com uma amiga, Adélia fala:

> Ela é tremendamente exigente! [...] Ela lê o seu trabalho inteirinho como se fosse a coisa mais importante do mundo. O que para mim, confesso, me faz um bem danado. [...] Eu gosto dela. É exigente e já houve trabalho que fui obrigada a refazer pelo menos umas três vezes... Mas, tenho que admitir, estou aprendendo muito...[239]

O profissionalismo, a competência, bem marcados em todas as personagens femininas, ajudam na desconstrução dos estereótipos sociais, em que a mulher trabalha, mas geralmente não se destaca tanto quanto os homens.

Há duas histórias periféricas que me chamaram a atenção, por levantarem questões muito interessantes. Uma delas é a de Dorotéia e Ruth. A primeira era casada (com um homem) e tinha uma filha. Se apaixona por Ruth e deixa o marido. Elas já moravam juntas havia muitos anos, porém a relação está em crise. Ruth assumiu todos os cuidados com os pais, apesar de ter irmãs. Ela

> Trocara as lides de companheira amante pela de enfermeira. Suas irmãs casadas respiravam aliviadas e ocupavam-se de cuidar da própria vida, aí entendidos os maridos, filhos e carreiras, não exatamente nessa ordem. [...] À Ruth cabia, por solteira e opção, as tarefas todas dos cuidados filiais.[240]

A própria Ruth não considera sua relação como um compromisso, um verdadeiro casamento, já que passa a abandonar a companheira nos finais de semana e por várias noites. Interessante aparecer uma situação como essa no livro, pois ela é bem comum na realidade. A sociedade incute tão bem seus conceitos nas pessoas que os próprios envolvidos em relações homossexuais os mantêm absorvidos e não conseguem se livrar deles.

A outra história é, pessoalmente, a de que mais gostei, por vários aspectos. É a história de Christina, uma advogada competentíssima (para variar), super "feminina", que todas as sextas-feiras à noite vai para uma boate *gay*, onde entra "como quem se esgueira e pede perdão, um sentimento de culpa e prazer [...] aquela porta era o *Abre-te Sésamo* de suas opções".[241] E só neste local, no enorme espelho do *hall* é que ela se vê por inteira (em todos os sentidos). "Não era mais ela, a de segunda a sexta, 9 às 6, profissional competente, feminina e trajes clássicos, pasta Tiffany e uma jóia por pulseira. Refletida no cristal estava uma entendida de *jeans*, camiseta cavada, cinturão e tênis. À caça."[242] Poderíamos pensar que ela é adepta da "pegação".[243] Ela realmente a pratica, mas, no desenrolar da história, o que vamos vendo é que ela não se sente feliz assim. Ela teve uma decepção amorosa e essa prática é apenas uma válvula de escape para a sua "necessidade imperiosa de uma mulher".[244]

Que ela tem problemas em relação à sua homossexualidade fica óbvio em todas as suas atitudes. Sua necessidade de "travestimento", o fato de esconder a vida paralela de sua família são bem marcados. "Tinha uma vida boa e equilibrada, um trabalho que amava e lhe rendia bom dinheiro, amigos divertidos e uma família unida que nem suspeitava dela, das suas loucas escapadas..."[245] Ela, apesar das tentativas de não se envolver com ninguém, começa a se encontrar todas as sextas-feiras com a mesma mulher, de quem não sabe o nome, com quem não troca nenhuma palavra nem beijos, apenas seguem para o banheiro imundo da boate, transam e depois vão embora. Essa incomunicabilidade é como um "acordo tácito, o compromisso implícito. E saber que eles jamais seriam transgredidos, o alívio e a segurança".[246]

Até que um dia ela descobre que essa mulher também é advogada e faz negócios com sua firma. Apenas não haviam se visto porque seu irmão e sócio era quem sempre recebia a moça, de quem ela descobre nome e sobrenome: Virgínia Rossetti. Tão rica quanto ela, tão culta quanto ela, possuidora, como ela, de uma "pasta Tiffany". Elas, então, depois de alguns encontros e desencontros, acabam ficando juntas.

Essa história primeiro me decepcionou, pois, lendo tantos livros em que as personagens têm de ser politicamente corretas, me acostumei a pensar que deveriam assumir para a família, o que não acontece. Depois, refleti melhor e vi que estou, como disse a Vange,[247] compactuando com uma histeria politicamente correta, se pensar assim, já que no "mundo real" continua muito difícil assumir a própria homossexualidade, e a atitude da personagem de permanecer em silêncio diante da sociedade deixa isso bem claro. Além do mais, entre as identidades múltiplas do homem pós-moderno cabe também a da lésbica que não se assume, não "sai do armário" e há de respeitá-la tanto quanto às outras.

Só lamentei o reforço dos padrões sociais de comportamento no que diz respeito à mistura de classes sociais. Elas se aproximam, de verdade, a partir do momento que se descobrem "iguais". Não fosse assim, talvez estivessem até hoje "transando" no fétido cubículo do banheiro da boate.

Outro aspecto interessante do livro é a linguagem utilizada. A autora usa e abusa de expressões "difíceis", sofisticadas, como para mostrar que livros desse tipo (lésbicos) podem ser elegantes na forma e no conteúdo, arrancando do imaginário a figura do "sapatão grosso e mal-educado".

Como já havia lhe falado, *Preciso te ver* foi traduzido para o francês e foi publicado na França, Bélgica e Suíça, onde teve críticas elogiosas nas revistas voltadas para o público *gay*. Acho que vou mesmo colocá-las como anexo da dissertação. Vai ser interessante para mostrar que elas sempre se referem ao conteúdo, às idéias transmitidas pelo livro, e não ao aspecto formal, ao trabalho "literário" com a linguagem em si. É o reforço do que vimos discutindo o tempo todo. Este livro é mais um que participa da etapa, da fase atual do segmento da literatura lésbica no Brasil, quando é muito importante fazer com que as leitoras se certifiquem de que não é doença ser homossexual.

Beijos, Luciana

Rio de Janeiro, 17 de outubro de 2002

Dora:

Que legal você ter gostado das leituras anteriores. Eu as estava relendo e concordo com você quando diz que minhas cartas se parecem com os textos acadêmicos. É o hábito, né? Ótimo. Depois é só aparar aqui, mexer um pouquinho ali e a dissertação está pronta! Meu bloqueio continua. Engraçado que durante todo o curso de mestrado não tive dificuldade em escrever os trabalhos, as monografias. Acho que a palavra DISSERTAÇÃO está me intimidando. No outro dia falei para o meu orientador que ele tem de me convencer que a dissertação é, na verdade, uma "monografia grandona". Se conseguir, eu perco o medo e começo a escrever. Enquanto isso vou escrevendo para você.

Agora vou fazer a leitura de *As sereias da Rive Gauche*, da Vange Leonel. É uma peça de teatro que foi encenada em São Paulo em 2000. Na verdade, entrei em contato com o texto quase por acaso. Eu comprei o livro da Vange chamado *Grrrls: garotas iradas*, uma coletânea de artigos escritos por ela para a extinta revista *Sui Generis*. Gostei bastante e resolvi tentar contato com ela via e-mail. Vange se mostrou muito receptiva e me enviou o texto "As sereias", antes de ser publicado. Só em setembro de 2002 foi lançado pelo selo Aletheia, da Brasiliense. Achei extremamente simpático da parte dela. Li o texto e me apaixonei. Ontem ela me enviou a tradução (feita por ela) de *O almanaque das senhoras*, de Djuna Barnes. Ela me disse que está procurando alguma editora interessada em publicá-la. Espero que consiga, pois é um texto muito interessante. Depois falo mais sobre ele, senão vou me perder.

Enfim, *As sereias da Rive Gauche* foi o texto que me "apresentou" *O poço da solidão*, que, por sua vez, gerou aquele trabalho sobre identidades homoeróticas que te mandei, que foi o embrião da dissertação. *As sereias da Rive Gauche* é um texto que apresenta um grupo de lésbicas que morava em Paris no início do século XX. A peça fala de Nathalie Barney, milionária americana que tenta reproduzir em sua casa uma "ilha de Lesbos", onde se reuniam homens e mulheres, dentre elas artistas lésbicas. Pintoras, escritoras, escultoras, enfim.

Durante os mais de sessenta anos em que Natalie abriu sua casa, sempre às sextas-feiras na rue Jacob aparecia todo o tipo de gente: membros da alta nobreza, cortesãs, americanos, franceses e estrangeiros, artistas célebres e ilustres desconhecidos, homens, mulheres, hetero e homossexuais. [...] ela reuniu celebridades como Paul Valéry, Sarah Bernhardt, Isadora Duncan, Jean Cocteau, André Gide, Mata Hari, Rainer Maria Rilke, Rodin, Colete, Elisabeth de Grammont, Ezra Pound, Gertrude Stein, Alice Toklas, Remy de Gourmont, T. S. Elliot, Ford Madox Ford, Max Jacob, Scott Fitzgerald, Anatole France, Pierre Louys, Carl Van Vetchen, Mina Loy, Marie Laurecin, Janet Flanner, Greta Garbo, Mercedes de Acosta, Sylvia Beach, Adrianne Monnier, Somerset Maugham e Ernest Hemingway, para citar alguns.[248]

Entre os convidados estavam as mulheres que estão retratadas na peça: Djuna Barnes, Thelma Wood, Radclyffe Hall, Lady Una Troubridge, Romaine Brooks, Dolly Wilde, além da própria Nathalie Barney.

Na introdução do texto, Vange dá alguns motivos para seu trabalho de pesquisa e escrita sobre essas mulheres. O que mais me interessou e me fez escolhê-lo para fazer parte do *corpus* da minha dissertação foi o fato de ela dizer que as diferentes visões sobre lesbianismo apresentadas por elas, em suas obras, são bastante atuais e seriam representadas por dois textos publicados em 1928: *O poço da solidão*, de Radclyffe Hall, e *O almanaque das senhoras*, de Djuna Barnes. Há, por exemplo, a luta de Radclyffe Hall pela regulamentação do casamento homossexual.[249] A atualidade da questão da diversidade fez com que me interessasse pelo texto.

A história se passa no ano da publicação dos dois livros citados e a discussão em torno deles vai possibilitar que Vange aponte uma das questões que discuto na minha dissertação, que é a literatura com objetivos "propagandistas", com fins ideológicos. Há uma cena em que Lady Una (companheira de Hall) lê as críticas a respeito de *O poço da solidão*. Uma delas, a do *Nation*, diz o seguinte: "A primeira parte do livro é muito boa, mas a autora parece ter perdido o rumo quando sua força emocional é sacrificada em prol dos seus objetivos propagandistas".[250] Ao que Hall reage: "Objetivos propagandistas?! Ora, eu quero que os cidadãos ingleses percebam o quanto nós, invertidos, só desejamos pertencer à sociedade... Isso é propaganda?".[251] Na verdade o texto de Hall não é propaganda, é apenas uma "justificativa", uma explicação com apoio, inclusive, em teorias científicas, para a inversão. Um pedido de aceitação social. Lady Una explica: "Depois que se tornou uma escritora premiada, John (nome que era utilizado por Hall) sentiu que poderia usar seu talento 'a serviço de algumas das mais perseguidas e mal-interpretadas pessoas do mundo'".[252]

Há, por parte de todas as personagens, uma variedade de opiniões a respeito do livro de Hall. A maioria não se conforma por ela ter retratado as lésbicas de maneira tão triste. Dolly Wilde, namorada (uma das) de Nathalie, pergunta: "Será que John acredita realmente que todos os invertidos são destinados à tragédia?"[253]. Ao que Nathalie responde: "Mas espere até chegar na parte em que ela introduz Valérie, a personagem que foi inspirada em mim. [...] Como eu, Valérie não nutre sentimentos de culpa e glorifica seu próprio lesbianismo!".[254] Podemos ver que, mesmo dentro de obra tão trágica, tão carregada de culpa como *O poço da solidão,* existe pelo menos uma personagem que se orgulha de ser lésbica. Aliás, Vange diz que, "se existisse a expressão na época, poderíamos afirmar com exatidão que Nathalie Barney foi a primeira mulher a levantar a bandeira do orgulho *gay*".[255] Em outra ocasião Hall e Nathalie conversam sobre o tal final trágico de *O poço da solidão.* Nathalie diz: "Você escreveu um livro lindíssimo John... Mas fez um final muito triste para a sua personagem!".[256] Ao que Hall responde: "Eu tive que fazê-lo. E quer saber mais? Eu só consegui publicar o livro porque Stephen foi condenada no final".[257]

Podemos fazer uma aproximação entre a proposta de Hall, ao escrever *O poço da solidão,* e a questão que venho discutindo, da proposta dos selos GLS e Aletheia, de apresentar uma imagem positiva da homossexual. Temos de nos lembrar que Hall trabalha com o conceito da identidade monolítica, como você viu naquele meu trabalho, em que há a idéia da lésbica como identidade invertida. Hoje, porém, em tempos pós-modernos, nos quais a noção desta identidade já foi "detonada", o "trabalho" em busca da aceitação, melhor dizendo, da auto-aceitação da lésbica, se baseia exatamente no conceito de diversidade. Já que existe de tudo, há de se respeitar as diferenças individuais.

> Neste mundo instituído por representações, a identidade é uma ficção e a incerteza e o paradoxo são as conquistas maiores de nosso tempo para desmascarar as verdades de todos os tempos. [...] A volatização da essência é a libertação da norma, da disciplina, da exclusão. É a disseminação da identidade que pode mudar a ordem do mundo, a ordem do Pai, a ordem do falo.[258]

Como contrariar a ordem do falo se estivermos dentro de seu próprio discurso, que é o que faz Hall com o seu livro? Ele, na verdade, não contraria, não tenta modificar nem subverter a ordem do falo. Apenas procura "defender" as lésbicas, através da constatação da existência de motivos biológicos que levariam ao "desvio comportamental". Hall explica suas teorias científicas, baseadas em estudos de sexologistas, que procuram elucidar o fenômeno da inversão. Nathalie diz:

> Eu concordo em parte com essas teorias, John, mas realmente não acredito que tenha alguma utilidade descobrir por que uma pessoa se torna o que é. Para mim é tudo tão natural! (entusiasmase)... Apenas o amor é importante, e não o sexo da pessoa a quem ele é dirigido! Anti-natural é a uniformidade que alguns procuram conquistar.[259]

Em relação a *O almanaque das senhoras*, Vange usa uma das versões de biografia de Djuna Barnes para explicar o seu nascimento. Segundo essa versão, "o texto foi encomendado pela própria Nathalie, que teria pressionado Djuna a escrevê-lo, pois adorava ser retratada nos romances de seus amigos".[260] De qualquer maneira, "publicado logo após o banimento de *O poço da solidão*, *O almanaque* acabou sendo uma resposta bem-humorada ao seu predecessor".[261] A discussão sobre alta e baixa literatura vai se acirrar. Nathalie explica a Lady Una que Djuna escreve de maneira "nada convencional [...] Ela escreve prosa como quem escreve poesia e não dá muita importância à condução de uma história... Sua força está na linguagem – poética, surpreendente e avassaladora!".[262] Lady Una então rebate: "Fico muito incomodada quando tenho que ler o mesmo parágrafo três vezes para entendê-lo".[263] Djuna Barnes vai, então, ser bem irônica e sugere que a outra tente lê-lo de ponta-cabeça. *O almanaque das senhoras* foi publicado alguns meses depois de *O poço da solidão* ter sido julgado e condenado na Inglaterra. "Temendo a censura e a perseguição, Djuna, além de assinar o livro sob pseudônimo, tornou o texto o mais hermético possível, para que apenas uns poucos iniciados e entendidos pudessem saber do que se tratava."[264] Logo, pode-se perceber que não há uma intenção ideológica na obra, no sentido de atingir a um grande número de leitores, ao contrário do que ocorre em *O poço da solidão*. Hall declara: "Entendo que muita gente recorra à linguagem cifrada para evitar a censura, mas não me interessa disfarçar".[265] A discussão prossegue mais adiante, quando Hall diz que: "Se a senhorita Barnes resolvesse escrever livros mais compreensíveis para a maioria da população, poderia um dia ter a ilusão de ser aceita! Quem sabe seus livros poderiam fazer tanto sucesso como o meu que, mesmo proibido, já é um *bestseller!*".[266]

A fala de Hall realmente procede se nos lembrarmos de que, enquanto o seu livro, mesmo proibido na Inglaterra será contrabandeado e lido por muitas pessoas, e vem sendo reeditado em várias línguas, durante todos esses anos, tendo atingido o *status* de "Bíblia do lesbianismo", *O almanaque* só teve tradução publicada em espanhol, segundo Vange, que tenta encontrar, sem sucesso, até agora, quem queira publicar sua tradução para o português.

A diferença entre as duas obras, que representam as divergências de pensamento em relação não só à literatura, mas a outras questões como fidelidade, monogamia etc., não está apenas na forma, no tipo de linguagem, está também na própria concepção do lesbianismo. É bem paradoxal como uma obra que intenta fazer um "libelo" a favor das homossexuais, como *O poço da solidão*, as apresente de forma tão negativa. Stephen, a protagonista, recebe este nome porque o pai desejava muito um filho homem, e o fato de ter ela nascido mulher parece mais com uma maldição. Já em *O almanaque das senhoras*, obra sem interesse de justificar determinada "condição" de lésbica, a protagonista, Evangeline Musset, passa por situação semelhante à de Stephen, mas não dá a mínima importância a isso. Pelo contrário, ainda ironiza o pai, que havia desejado um filho do sexo masculino, como você pode ver no seguinte trecho, no qual dá para notar bem a linguagem cifrada:

> Tu, bom Governante, que esperavas um Filho quando deitavas por cima de tua Eleita, por que estar tão mortalmente ferido ao perceber que obtiveste teu pedido? Não estou eu agindo segundo teu próprio Desejo, e não é isso mais louvável, considerando que ajo sem as Ferramentas para a Negociata, e ainda assim nada reclamo?[267]

De qualquer maneira, independentemente do tipo de discurso utilizado, seja por Hall, seja por Djuna, seja por quem for, podemos trazer a afirmativa de Mac Rae, bem atual. Ele diz:

> Foucault já nos mostrou que não se pode pular fora das malhas do poder, mas, dada a polivalência tática dos discursos, creio que em certas ocasiões pode-se falar contra o poder em geral para atacar algumas de suas configurações específicas.
>
> Não há dúvida que em nossa sociedade atual têm sido negados vários dos direitos de cidadania daqueles indivíduos como sendo homossexuais, usando-se para isso uma enorme variedade de justificativas, que vão desde a saúde e a moral até a segurança nacional. Contra esse estado de coisas, algumas pessoas procuraram reagir, usando as linguagens correntes em um dado momento histórico. Se não realizaram a sonhada (e, creio, impossível) abolição do "poder", conseguiram de várias maneiras melhorar a sua condição social.[268]

Se pensarmos por esse aspecto, definitivamente, mesmo tendo retratado as lésbicas de maneira tão triste, o livro de Hall provocou mudanças muito significativas nas lésbicas daquela época e das posteriores.

Outra discussão importante levantada por Vange na peça é a questão dos direitos civis dos homossexuais. Mais uma vez é marcada a diferença de idéias das personagens. Enquanto Hall e Una são a favor do casamento entre os homossexuais, Nathalie diz: "Pois eu não acredito no casamento, meninas, seja entre pessoas do mesmo sexo ou de sexos diferentes".[269]

Não senti, na verdade, no texto da Vange, uma posição definitiva, conclusiva, em relação a nenhuma das posturas que ali se manifestam. Como ela mesma me disse em correspondência pessoal, "Como esse pós-modernismo me afeta até na hora de dar a minha opinião, afirmo, mais uma vez, que não sou, de maneira alguma, categórica, em nada".[270] E ainda

> Eu apenas expus as contradições de uma época e de um grupo de mulheres lésbicas. Nunca pretendi cagar regra, nem fornecer receita. Aliás, se há alguma constante em minha carreira artística, é minha independência e minha falta de "encaixe" em determinadas molduras...[271]

De qualquer maneira, Vange, com seu texto, procura passar exatamente a diversidade de idéias, de pessoas. Se há final feliz na peça? Não há final feliz nem triste, há a vida retratada em todas as suas contradições, desvios e trajetos. O texto é divertido e nos conta histórias de amor. "E as questões do amor, homossexual ou não – estas são eternas."[272]

Vange Leonel, apesar de não se encaixar "numa certa linha editorial que prega uma narrativa simples, direta, sem grandes vôos lingüísticos e onde os personagens *gays* e lésbicas TÊM que ser mostrados como 'gente como a gente'", diz entender que esse tipo de trabalho é uma etapa necessária para "compensar séculos e séculos de imagens negativas que acabaram se fixando na mente das pessoas".[273]

> Por isso é necessário, não por princípio, mas por compensação, que povoemos esse imaginário com novas histórias e novas heroínas. Não compactuo com a histeria politicamente correta que acha necessário retratar *gays* e lésbicas sempre de maneira cor-de-rosa, mas por uma questão de equilíbrio estão faltando finais felizes ou apenas histórias comuns. *Gays* e lésbicas querem novos heróis. É preciso povoar nosso imaginário com personagens que possam se dar bem apesar de serem *gauche* na vida, pois a história nos deixou a herança triste dos derrotados.[274]

Dá para perceber que Vange, assim como várias pessoas que estão fazendo literatura com a temática lésbica, não dá uma última palavra, não afirma categoricamente o que é "certo" e o que é "errado" quando se fala em literatura atendendo a objetivos, ideologias. *As sereias da Rive Gauche* é um texto que foge da "eterna dicotomia 'homossexualidade & tragédia'",[275] embora não tente "vender" nenhuma idéia de "identidade", pelo contrário, reafirme a existência hoje, bem como há quase oitenta anos da existência de várias identidades.

Beijos, Luciana

Rio de Janeiro, 23 de outubro de 2002

Dora:

Na minha dissertação eu não vou poder deixar de falar sobre uma questão muito interessante que encontrei no livro da Denise Portinari e me colocou para refletir.

Trata-se da forma como o sexo é colocado nos textos que eu vou estudar. No capítulo "O amor para além do amor", Denise fala das maneiras pelas quais o amor lésbico vem sendo representado nos vários discursos. Ela diz que existem dois tipos de fala: "o amor para além do amor × o amor para aquém do amor".[276] Os discursos como o de Nobili e Zha representariam a primeira fala:

Eu um dia quis saber se a palavra "felicidade" tinha algum sentido. E posso lhe dizer que o encontrei com uma mulher. Não direi mais, foi demasiadamente bonito, verdadeiro, demasiadamente tudo! É uma ilha de beleza em meio à minha vida monótona que caminha rumo à conclusão natural – a morte. [...] isso não durou porque a perfeição e a felicidade não podem ser vividas neste planeta... É só.[277]

Já discursos reacionários, como o de F. Caprio, seriam os representantes da segunda fala e colocam o amor lésbico como incompleto, algo que não traz felicidade: "As lésbicas são seres profundamente infelizes".[278] As duas falas têm um ponto em comum: "Ambas estão a proclamar que o que se passa na homossexualidade feminina é qualquer coisa que só pode ser indicada no superlativo [...] qualquer coisa, enfim, de 'extra-ordinário'".[279]

O discurso laudatório, que coloca a homossexualidade feminina como a maravilha das maravilhas, surge como que para compensar tanto tempo de desprezo e significados pejorativos, negativos. "É possível que a repressão e o preconceito que pairaram durante muito tempo sobre o amor homossexual feminino sejam parcialmente responsáveis pela afirmação desbragada desse amor, numa espécie de reação pendular."[280]

Contudo, Denise Portinari apresenta outra possibilidade de interpretação para este "amor para além do amor". Este tipo de fala acabaria sendo outra face da que duvida dele e o desvaloriza, pois, ao dizer que é um amor tal que não pode ser descrito, o mantém fora do discurso, ou seja, ainda inexistente. Além do mais a falta de palavras para explicá-lo o manteria como algo incompreensível.[281]

Pretendo comentar como o "amor para além do amor" vai aparecer nos textos que escolhi, já que representam uma etapa em que o que menos se quer é recorrer ao silêncio, em que o que se quer é clareza e obviedade. Quais seriam, então, as falas escolhidas para retratá-lo, para inseri-lo no discurso?

Em *O último dia do outono*, se dá a cena de sexo entre Marisa e Fernanda, que possui um significado importante, pois vai funcionar como prêmio por todo um "trabalho" de sedução. Um prêmio pelo amadurecimento de Fernanda e pela paciência com que esperou pelo momento. Será sua primeira relação sexual completa, efetiva, com uma mulher, que se dará, justamente, com a mulher que ama. Há ainda outro significado: o ápice do ritual de passagem da heterossexualidade para a homossexualidade. Entre as lésbicas há uma gíria que diz que a mulher "debutou" quando teve a primeira relação sexual com outra mulher.

O seu significado não será de libertação, pois esta já havia se dado no reconhecimento e na auto-aceitação de sua homossexualidade, será sim o de conclusão de um processo.

Pois bem, mantendo a proposta de todo o romance, de apresentar as personagens e situações da maneira mais próxima possível das leitoras, para propiciar facilidade para a identificação, o ato sexual, apesar de toda a importância emocional, é colocado de maneira bem descritiva. Fala com detalhes da outra que colocou a mão ali, passou a língua acolá. Não exacerba nem glamouriza, em nenhum momento, o ato. Apenas o descreve. Notei, contudo, a falta de nomeação do órgão sexual feminino. Ela diz: "Marisa então passou a língua no meu sexo já úmido...".[282] "Meu sexo." Parece haver um pudor em acusar a existência de algo só da mulher. Nenhum de seus vários nomes é utilizado, apenas o genérico "sexo", que pode ser masculino ou feminino. Herança dos tempos tão recentes em que a mulher não tinha prazer?

Em *Julieta e Julieta* cada conto apresenta uma visão, uma versão e um significado para o sexo. No "A espanhola" será a libertação, o "Molto allegro" não possui um enredo. Há apenas a descrição poética de uma relação sexual entre duas mulheres que comemoram dez anos de casamento. O conto "Três pedidos" aponta uma questão muito interessante: a existência do sexo pelo sexo entre mulheres. Sem culpa, sem sentimentos de incompletude. A personagem-narradora "transa" com uma mulher que acabara de conhecer em um Congresso, na escada do prédio onde mora. O conto termina assim: "É só vontade. Não é questão de envelhecer junto, de fazer carnê, de comprar apartamento em prestação. É só um momento".[283] Esta idéia se opõe fortemente ao "Na chuva", em que duas mulheres também acabaram de se conhecer e "transam". Só que, no dia seguinte, ao acordar, uma delas fala:

> É que eu tive uma vida sempre, eu acho, bem careta, sabe? Por isso, tudo o que aconteceu com a gente, os últimos dois dias, parece meio perdido na minha cabeça. Então eu queria saber, sei lá, se nós duas... quer dizer... se isso foi só uma noitada sua ou se... de repente, se não é o começo de um namoro, se é que posso dizer assim...[284]

Para ela, o ato sexual significaria um compromisso, mais de acordo com o que se espera que a mulher sinta diante do sexo. Segundo o imaginário social, ela, invariavelmente, associa o sexo ao amor. (Lembrei a piada que pergunta: "O que uma lésbica leva para o segundo encontro? Um caminhão de mudança".) Mais uma vez, devemos lembrar que Fátima apresenta as várias visões, os vários tipos possíveis de mulheres e de relações lésbicas.

O conto "Prima minha" fala da descoberta do amor, da paixão entre duas meninas bem novinhas. Aqui, sim, o sexo vai aparecer de maneira grandiosa, mas a idéia de grandiosidade vai conviver com comparações infantis e com espanto diante do prazer que ele proporciona. Em dado momento, uma delas diz:

> Às vezes tenho nojo das palavras. Porque elas têm a capacidade de reunir debaixo das mesmas asas coisas que não são afins. Sexo, por exemplo, é um termo que designa qualquer trepada pornô, qualquer transa com puta e ainda o dia em que fui concebida e o que vai rolar agora comigo e com a Letícia. Não é justo dizer tudo com a mesma palavra. Prefiro o silêncio, o escuro.[285]

Para a menina, as palavras não são suficientes nem dignas de descrever algo tão imenso, tão importante. Contudo, vemos que ela não compactua com o discurso do silêncio, embora afirme que sim, já que vai prosseguir na sua descrição do ato e das sensações por ele provocadas: "As minhas pernas experimentam o aconchego das pernas dela, que oferecem um estranho sabor: confete de chocolate colorido na ponta da língua, goiabada com queijo, Fanta uva com cajuzinho".[286] E, ainda, "Até que tudo desperta. Desejo! Explosão! Eu grito – de um jeito baixinho. É que eu não esperava isso, essa mão, desse jeito, já tão lá dentro, no conforto de um ninho...".[287]

Interessante notar que em nenhum conto vai aparecer qualquer um dos nomes do órgão sexual feminino. Ele sempre aparece em metáforas, ou palavras genéricas.

Em *Preciso te ver*, como seria de esperar, diante da proposta geral do livro, a cena de sexo entre Adélia e Eva será representada com palavras intensas, fortes e sofisticadas: "Com devoção e lábios cúpidos, traçou um caminho úmido do pescoço ao ombro que desnudava sentindo-se refém das mãos ardentes e ávidas que a conquistavam...",[288] e por aí vai. Contudo não é algo indescritível, pelo contrário, é descrito com detalhes.

No texto da Vange, *As sereias da Rive Gauche*, poucas cenas de sexo são mostradas de maneiras variadas. Djuna e Thelma, por exemplo, brincam com o sexo: "Simon quer brincar de Lobo Mau?".[289] Elas fazem a brincadeira: para que servem esses olhos? Para que serve essa boca? E a brincadeira acaba (ou começa) de maneira bem escrachada, quando Djuna pergunta a Thelma para que servem os dedos e ela responde: "Para te comer!!!".[290] em uma óbvia referência a uma das práticas de sexo entre mulheres.

Em outra cena, ainda com as mesmas personagens, elas usam o sexo como uma maneira de fazer as pazes depois de uma violenta discussão. Em outra, aparece uma cena de sexo, que seria a representação da leitura de *O almanaque das senhoras*. Ao fundo aparece Nathalie, com as roupas de Evangeline Musset, se esfregando em uma Garota.

Durante todo o tempo, o sexo é apenas usado como complemento de alguma cena. Contudo, sua existência é marcada. Ele é colocado no cotidiano das personagens com naturalidade. Não seria possível uma obviedade maior, por sua peculiaridade de se tratar de um texto teatral, sob o risco de se transformar em uma peça vulgar.

Como podemos perceber, cada autora vai escolher uma maneira bem própria e particular em inserir o sexo lésbico no nível do discurso. Todas o farão, porém, com pelo menos um ponto em comum: ele é dito, portanto existe, faz parte do mundo representado, com anuência social ou não.

Beijos, Luciana

Rio de Janeiro, 29 de outubro de 2002

Dora:

Voltando àquela imagem de Ícaro da qual você gostou tanto, e respondendo a sua pergunta, lembra? Se ela se referia apenas a mim ou aos textos lidos. Como lhe disse, eu sou como Ícaro que se aventurou nesta pesquisa toda, em todas as leituras, durante tanto tempo, mais pelo prazer de levantar, apontar questões do que pela necessidade de obter ou formular respostas. Pela curiosidade e pela vertigem do vôo. Mas, como você mesma disse, podemos não chegar a conclusões, mas podemos apontar alguns caminhos.

No início da pesquisa, antes de ler com atenção os livros escolhidos por mim como *corpus* da dissertação, imaginei que se tratava da construção de uma nova identidade lésbica. Depois, contudo, percebi que não é isso que se dá. O que é apontada aí é exatamente a diversidade, a multiplicidade de identidades. E não a construção de um, mas a constatação da existência de vários modelos com quem as pessoas possam se identificar, cada uma com suas particularidades.

Apesar de muitas vezes soar como pieguice, como "forçação de barra" a tal história da construção de modelos de identificação positivos, deu para perceber, também, após muita reflexão, que esta é realmente uma fase, uma etapa necessária na construção, na modelagem de um novo discurso, em que a imagem da lésbica não seja nem silenciada nem denegrida. É necessária a aparição daquele alguém, seja específico seja genérico, que ofereça a oportunidade de colar a uma imagem: eu também sou.[291]

A proposta de apresentação da multiplicidade de figuras, de identidades, presente nos vários discursos que examinei com você, está de acordo com o que afirma a psicanalista Graciela Haydée Barbero: "Os movimentos atuais de afirmação homossexual têm considerado a necessidade da existência de modelos positivos de identificação sem que isso se apóie na idéia de uma essência última, universal e permanente que os justifique".[292]

O que os textos escolhidos por mim estão oferecendo é "a lésbica-significante, ou melhor ainda, é o significante lésbico. [...] O significante é a generosidade do discurso: é a sua oferta, aquilo que diz 'eis-me aqui'. [...] É sobretudo a figura através da qual o discurso acena, se coloca em oferta e abre inscrição para um lugar, que é o lugar de sujeito".[293]

Se a transgressão da linguagem é condição *sine qua non* para que um texto seja considerado "literário", estes o fazem, com certeza. São textos transgressores, por natureza, a partir do momento que inserem no lugar de sujeito do discurso personagens, tradicionalmente marginais.

Se os textos têm um claro objetivo ideológico, não seriam os primeiros. No trabalho sobre *O poço da solidão*, eu mostrei como nos textos modernistas havia a presença de ideais.

Havia uma luta, havia algo a ser combatido: o gosto aristocrático, a mesmice burguesa, para os modernistas da Semana; o atraso político, a opressão, as desigualdades sociais, no caso da geração seguinte. Por mais que haja diferenças entre estes dois momentos do Modernismo, há, em ambos, algo de missionário.[294]

Os textos que procuram transmitir um conceito de orgulho *gay*, orgulho lésbico, estão repetindo a proposta de Hadclyffe Hall, feita há tantos anos. Porém, vemos que é a proposta "reciclada" e desta vez renovada, enriquecida, pelo conceito das identidades múltiplas.

E se eles parecem, à primeira vista, com Dédalo, por seus "objetivos práticos", por outro ponto de vista podem ser Ícaros, como eu, que querem suscitar o prazer de pensar, de questionar, além de simplesmente entreter.

Foi bom para você como foi para mim?

Agora vou lhe deixar em paz por uns tempos. Estou inspirada. Acho que amanhã começo a escrever.

Beijos, Luciana

19

A Gabriela Pinheiro

Rio de Janeiro, 19 de fevereiro de 2003

Não, não reclama. Não me pressiona. Você não imagina como está sendo bom para mim estar aqui neste momento. Eu estou morrendo de saudades de você e das crianças.

Está sendo muito ruim não poder te beijar e abraçar antes de dormir e péssimo ao acordar não te ver ao meu lado, ver teu sorriso por entre os cabelos espalhados, ouvir tua voz me dizendo bom-dia. Paciência. É bom para eu saber como sinto a tua falta. Sem você é como se estivesse tudo em preto-e-branco. Você ainda não sabe que é a que traz cor, luz e calor para a minha vida? Fora o tesão acumulado...

Mas eu precisava vir para cá e ficar sozinha. Tenho um prazo e você sabe muito bem como é complicado para mim trabalhar sob pressão. Eu tinha, pelo menos, de ter sossego, privacidade e aí, com o povo todo fazendo zoeira, é impossível.

Estou produzindo bastante. Até a Neuza está sossegada, me deixando em paz. Arruma a casa quando estou lá fora, faz a comida e se manda. A Leila é que está estranhando. Estou trabalhando tanto que nem tenho brincado com ela. Tadinha. Fica deitada, me espiando de longe com uma cara magoada, com a bolinha do lado.

Engordei dois quilos. Se eu continuar assim, até terminar vou virar uma vaca. Você não vai me largar por isso, né? Sua vaquinha...

A mangueira está danada. Linda. Cheia de mangas madurinhas despencando a todo momento. Descobri que os cachorros sabem chupar manga. Deixam os caroços limpíssimos. Ainda bem que não tentam engolir, senão, com certeza, iriam se entalar. Mas a natureza é sábia mesmo, né? Ninguém precisa ensinar aos animais como fazer. Só o ser humano é que precisa que lhe ensinem tudo, senão... Levam a breca.

Vai, amorzinho. Não briga, não... Não é tão ruim assim. Faltam só dez dias. Aí eu volto e a gente desconta. Pretendo passar pelo menos um mês inteirinho sem fazer absolutamente nada. Só folgada, como diz a Clara. Vou ficar aí, perturbando vocês com a minha falta do que fazer (o que é isso?!?!?!). Eu prometo.

Diz para os doizinhos que eu sou uma criatura quase morta de tantas saudades e que eu os amo muito, muitão.

Minha Gabriela, te amo mais que ontem, menos que amanhã. Sempre.

Juízo, hein?

Beijos, beijos e beijos.

P.S.: Tô acabando a dissertação! Nem acredito!

NOTAS

Capítulo 1

[1] ALLEN. *Contos de Nova York.*

[2] ABREU apud BESSA. *Retrovírus, zidovudina e Rá! AIDS, literatura e Caio Fernando Abreu*, p. 5.

[3] VON. *Triunfo dos pêlos*, p. 19.

Capítulo 2

[4] WILDE. *De Profundis e outros escritos do cárcere*, p. 52.

Capítulo 3

[5] MACRAE. *A construção da igualdade: identidade sexual e política no Brasil da "Abertura"*, p. 295.

[6] Ibidem, pp. 40-1.

[7] MÍCCOLIS, DANIEL. *Jacarés e lobisomens: dois ensaios sobre a homossexualidade.* p. 75.

[8] Ibidem, p. 77.

[9] ALENCAR. *Lucíola.*

[10] MONTEIRO. *O homoerotismo nas revistas Sui Generis e Homens*, p. 5.

Capítulo 4

[11] DELEUZE. *Critique et clinique.*

Capítulo 6

[12] Cultura e homoerotismo. III Encontro de pesquisadores universitários. Realizou-se na UFF, em Niterói, nos dias 11, 12 e 13 de junho de 2001.
[13] HECHE. *Desejo proibido.*

Capítulo 7

[14] O Sarau Umas & Outras é uma reunião mensal, gratuita, só para mulheres, onde são discutidos vários assuntos ligados ao lesbianismo, inclusive literatura. Teve sua primeira edição em agosto de 2001, com uma palestra da Vange Leonel, na livraria Futuro Infinito, em São Paulo. Com o seu fechamento, as reuniões passaram a se realizar no restaurante Allegro, na Rua da Consolação. A partir de junho de 2003, as reuniões passaram a ocorrer na sede do grupo, na Rua da Consolação, 1681, sala 83.

Capítulo 8

[15] DEL PRIORI. *História das mulheres no Brasil*, p. 139.
[16] DUBY, PERROT. *História das mulheres no Ocidente*, p. 386.

Capítulo 9

[17] BACELLAR. Publicação eletrônica [mensagem pessoal].
[18] ALENCAR. *Lucíola.*
[19] MOODYSSON. *Amigas de colégio.*
[20] TROCHE. O *par perfeito.*
[21] FUNDAMENTALISMO islâmico e homossexualidade, p. 1.
[22] ABREU. *Estranhos estrangeiros*, p. 100.
[23] BUCCI. *Pornô chic*, p. 1.
[24] Ibidem.
[25] BRANDÃO. *Os cem melhores contos brasileiros do século*, p. 471.

Capítulo 12

[26] LUNA. *Tpm*, p. 10.
[27] A primeira vez que me deparei com esta denominação foi em um e-mail da escritora Stella Ferraz. Gostei bastante do termo, já que traduz muito bem o "objetivo" dos textos que procuram transmitir uma imagem positiva dos(as) homossexuais. Imagino que sua origem esteja nas *gay pride marches*, sobre as quais falo mais adiante.
[28] JARDIM. *Ícaro e a metafísica — um elogio da vertigem.*

Capítulo 14

[29] SOUZA. *Com quantos gêneros se faz uma pessoa? Uma análise de gênero...*, p. 2.

[30] LEONEL. *As sereias da Rive Gauche: Introdução*, p. 1.

[31] CARNEIRO. *Imaginários pós-utópicos*, p. 1.

[32] Ibidem, p. 1.

[33] LEONEL. *As sereias da Rive Gauche: Introdução*, p. 2.

[34] HALL. *O poço da solidão*, p. 23.

[35] HENNEGAN. *O poço da solidão: Introdução*, p. 9.

[36] HALL. *O poço da solidão*, p. 26.

[37] SOUZA. *Com quantos gêneros se faz uma pessoa? Uma análise de gênero...*, p. 2.

[38] Ibidem, p. 2.

[39] HALL. *O poço da solidão*, p. 318.

[40] Ibidem, p. 507.

[41] HENNEGAN. *O poço da solidão: Introdução*, p. 8.

[42] Ibidem, p. 8.

[43] NAVARRO-SWAIN. *O que é lesbianismo*, pp. 39-40.

[44] HENNEGAN. *O poço da solidão: Introdução*, p. 9.

[45] SOUZA. *Com quantos gêneros se faz uma pessoa? Uma análise de gênero...*, p. 4.

[46] LOPES. *O homem que amava rapazes e outros ensaios*, pp. 132-3.

[47] Ibidem, p. 133.

[48] Ibidem, p. 135.

[49] FREITAS JR. apud LOPES. *O homem que amava rapazes e outros ensaios*, p. 136.

[50] LOPES. Ibidem, p. 136.

[51] MÍCOLLIS, DANIEL. *Jacarés e lobisomens: dois ensaios sobre a homossexualidade*, p. 75.

[52] LOPES. *O homem que amava rapazes e outros ensaios*, p. 140.

[53] SANTOS. *O que é pós-moderno*, p. 92.

[54] CASTELLO. *Jornal do Brasil.*

[55] HUTCHEON. *Poética do pós-modernismo*, p. 22.

[56] BARCELLOS. *Caderno Seminal*, p. 22.

[57] HUTCHEON. *Poética do pós-modernismo*, p. 29.

[58] Ibidem, p. 29.

[59] ABREU. *Morangos mofados*, p. 129.

[60] Ibidem, p. 129.

[61] CASTELLO. *O Estado de S. Paulo.*

[62] LOPES. *O homem que amava rapazes e outros ensaios*, p. 159.

[63] WOOLF. *Orlando.*

[64] VON. *Triunfo dos pêlos,* p. 15.

[65] LEONEL. *Grrrls: garotas iradas,* p. 63.

[66] Ibidem, p. 63.

[67] HARRIS. *Our right to love.*

[68] NAVARRO-SWAIN. *O que é lesbianismo,* p. 31.

[69] Ibidem, p. 19.

[70] Ibidem, p. 22.

[71] PORTINARI. *O discurso da homossexualidade feminina,* p. 43.

[72] MÍCCOLIS, DANIEL. *Jacarés e lobisomens: dois ensaios sobre a homosse-xualidade,* p. 74.

[73] LEONEL. *Grrrls: garotas iradas,* p. 130.

[74] FOUCAULT. *História da sexualidade I: a vontade de saber,* pp. 26-7.

[75] DUBY, PERROT. *História das mulheres no Ocidente:* o século XIX, p. 145.

[76] COUTINHO. *A polêmica Alencar/Nabuco,* p. 139.

[77] DUBY, PERROT. *História das mulheres no Ocidente:* o século XIX, p. 145.

[78] Ibidem, p. 147.

[79] Ibidem, p. 366.

[80] Ibidem, p. 367.

[81] ROCHA-COUTINHO. *Tecendo por trás dos panos: a mulher brasileira nas relações familiares,* p. 37.

[82] GOTLIB. *A mulher na literatura,* p. 33.

[83] FARIA. *José de Alencar e o teatro,* p. 124.

[84] DUBY, PERROT. *História das mulheres no Ocidente:* o século XIX, p. 368.

[85] CHAUÍ. *Repressão sexual: essa nossa (des)conhecida,* p. 27.

[86] Ibidem, pp. 80-1.

[87] Ibidem, p. 10.

[88] RIBEIRO. *Mulheres de papel: um estudo do imaginário em José de Alen-car e Machado de Assis,* p. 98.

[89] COUTINHO. *A polêmica Alencar/Nabuco,* p. 137.

[90] RIBEIRO. *Mulheres de papel: um estudo do imaginário em José de Alen-car e Machado de Assis,* p. 58.

[91] Ibidem, p. 58.

[92] CHAUÍ. *Repressão sexual: essa nossa (des)conhecida,* pp. 79-80.

[93] NAVARRO-SWAIN. *O que é lesbianismo,* p. 56.

[94] Ibidem, p. 13.

[95] Ibidem, pp. 49-50.

[96] MÍCCOLIS, DANIEL. *Jacarés e lobisomens: dois ensaios sobre a homosse-xualidade,* p. 34.

[97] WITTIG apud VARGAS. *Os sentidos do silêncio: a linguagem do amor entre mulheres...*, p. 33.

[98] RICH apud VARGAS. Ibidem, p. 33.

[99] NAVARRO-SWAIN. *O que é lesbianismo*, p. 26.

[100] SMITH apud PINTO-BALLEY. *O desejo lesbiano no conto de escritoras brasileiras...*, p. 5.

[101] BORMANN. *Lésbia*, pp. 75-6.

[102] Ibidem, p. 101.

[103] VARGAS. *Os sentidos do silêncio: a linguagem do amor entre mulheres na literatura...*, p. 12.

[104] DICKINSON apud VARGAS. Ibidem.

[105] GILBERT, GUBAR apud VARGAS. Ibidem, p. 11.

[106] PINTO-BALLEY. *O desejo lesbiano no conto de escritoras brasileiras contemporâneas*, p. 2.

[107] Ibidem, p. 3.

[108] Ibidem, p. 1.

[109] VARGAS. *Os sentidos do silêncio: a linguagem do amor entre mulheres na literatura...*, p. 97.

[110] Ibidem, p. 11.

[111] FRY, MACRAE. *O que é homossexualidade*, p. 96.

[112] Ibidem, p. 98.

[113] SILVA. *Revista Viver Psicologia*, p. 16.

[114] MACRAE. *A construção da igualdade: identidade sexual e política no Brasil da "Abertura"*, p. 56.

[115] LEONEL. *Grrrls: garotas iradas*, pp. 82-3.

[116] FOUCAULT. *História da sexualidade I: a vontade de saber*, p. 98.

[117] LOPES. *O homem que amava rapazes e outros ensaios*, p. 27.

[118] MÍCCOLIS, DANIEL. *Jacarés e lobisomens: dois ensaios sobre a homossexualidade*, p. 75.

[119] NAVARRO-SWAIN. *O que é lesbianismo*, pp. 53-4.

[120] BARCELLOS. *Caderno Seminal*, p. 23.

[121] GUMBRECHT. *Literatura e identidades*, p. 123.

[122] FRU, MACRAE. *O que é homossexualidade*, p. 98.

[123] Ibidem, pp. 24-5.

[124] LEONEL. *Grrrls: garotas iradas*, p. 68.

[125] VIEIRA. *Época*, p. 60.

[126] Ibidem, p. 61.

[127] Ibidem, p. 62.

[128] GOLDBERG. *Sui Generis*, p. 1.

[129] NAVARRO-SWAIN. *O que é lesbianismo*, p. 80.

[130] FRY, MACRAE. *O que é homossexualidade*, p. 45.

131 PORTINARI. *O discurso da homossexualidade feminina*, p. 54.

132 Ibidem, p. 53.

133 NAVARRO-SWAIN. *O que é lesbianismo*, p. 63.

134 Ibidem, pp. 63-4.

135 AZEVEDO. *Jornal do Brasil*, p. 1.

136 MACHADO. *Análise da relação entre sexo, gênero e sexualidade através do filme...*, p. 10.

137 BONASSI. *Grrrls: garotas iradas*, p. 8.

138 MACHADO. *Microfísica do poder*, p. 233.

139 Ibidem, p. 234.

140 BACELLAR. Publicação eletrônica [mensagem pessoal].

141 FERRAZ. *Preciso te ver*, p. 1.

142 PRADO. Publicação eletrônica [mensagem pessoal].

143 Ibidem.

144 FERRAZ. Publicação eletrônica [mensagem pessoal].

145 LOPES. *O homem que amava rapazes e outros ensaios*, p. 136.

Capítulo 15

146 SANTOS. Publicação eletrônica [mensagem pessoal].

Capítulo 16

147 BERND. *Literatura e identidades*, p. 107.

148 Ibidem, p. 108.

149 Ibidem.

150 VIANNA. *Poética feminista – poética da memória*, pp. 1-2.

151 BARCELLOS. *Caderno Seminal*, p. 20.

152 PINTO-BAILEY. *Mulheres e literatura*, p. 16.

153 RICH apud PINTO-BAILEY. *Mulheres e literatura*, p. 4.

154 PINTO. *O Bildungsroman feminino: quatro exemplos brasileiros*, p. 10.

155 Ibidem, p. 11.

156 MORGAN apud PINTO. *O Bildungsroman feminino: quatro exemplos brasileiros*, p. 13.

157 PINTO. Ibidem, p. 13.

158 Ibidem, p. 14.

159 Ibidem, p. 16.

160 Ibidem, p. 17.

161 Ibidem.

162 Ibidem, p. 24.

163 Ibidem, p. 27.

[164] PINTO. *O Bildungsroman feminino: quatro exemplos brasileiros*, p. 31.

[165] BUSIN. *O último dia do outono*, p. 10.

[166] Ibidem, p. 13.

[167] Ibidem, p. 97.

[168] Ibidem, p. 108.

[169] Ibidem, p. 11.

[170] Ibidem, p. 12.

[171] Ibidem, p. 15.

[172] Ibidem, p. 75.

[173] Ibidem, p. 12.

[174] Ibidem, p. 30.

[175] Ibidem.

[176] Expressão que significa assumir a homossexualidade para a sociedade.

[177] BUSIN. *O último dia do outono*, p. 31.

[178] Ibidem, p. 57.

[179] Ibidem, p. 64.

[180] Ibidem, p. 88.

[181] Ibidem, p. 79.

[182] Ibidem, p. 94.

[183] Ibidem, p. 81.

[184] Ibidem.

[185] Ibidem, p. 131.

[186] Ibidem, p. 136.

[187] Ibidem, p. 137.

[188] Ibidem.

[189] Ibidem.

[190] Ibidem, p. 146.

[191] Ibidem, p. 37.

[192] Ibidem.

[193] Ibidem, p. 112.

[194] Ibidem, p. 114.

[195] Ibidem.

[196] MESQUITA. Publicação eletrônica [mensagem pessoal], p. 3.

[197] Ibidem, pp. 3-4.

[198] Ibidem, p. 4.

[199] MOTT. *O lesbianismo no Brasil*, p. 64

[200] HELENA. *Gragoatá*, p. 26.

[201] Recém-casadas.

[202] MESQUITA. Publicação eletrônica [mensagem pessoal], p. 1.

[203] ZIMMERMAN apud VARGAS. *Os sentidos do silêncio: a linguagem do amor entre mulheres...*, p. 31.

[204] FRY, MACRAE. *O que é homossexualidade*, p. 98.
[205] Ibidem.
[206] ABREU. *Morangos mofados*, pp. 81-6.
[207] MESQUITA. *Julieta e Julieta*, p. 12.
[208] Ibidem, p. 12.
[209] Ibidem, p. 14.
[210] Ibidem, p. 15.
[211] Ibidem.
[212] Ibidem.
[213] NAVARRO-SWAIN. *O que é lesbianismo*, p. 83.
[214] MESQUITA. *Julieta e Julieta*, pp. 15-6.
[215] Ibidem, p. 98.
[216] Ibidem, p. 97.
[217] Ibidem.
[218] Ibidem.
[219] Ibidem, p. 100.
[220] Ibidem, p. 105.
[221] VARGAS. *Os sentidos do silêncio: a linguagem do amor entre mulheres na literatura...*, p. 38.
[222] MESQUITA. *Julieta e Julieta*, p. 57.
[223] Ibidem, p. 70.
[224] Ibidem, p. 77.
[225] Ibidem, p. 79.
[226] Ibidem.
[227] NAVARRO-SWAIN. *O que é lesbianismo*, pp. 90-1.
[228] Ibidem, p. 70.

Capítulo 18

[229] FERRAZ. *Preciso te ver*, p. 17.
[230] Ibidem, p. 10.
[231] Ibidem, p. 29.
[232] MONTEIRO. *O homoerotismo nas revistas Sui Generis e Homens*, p. 11.
[233] Ibidem, p. 5.
[234] FERRAZ. *Preciso te ver*, p. 38.
[235] NAVARRO-SWAIN. *O que é lesbianismo*, p. 51.
[236] Ibidem, pp. 51-2.
[237] BEAUVOIR. *O segundo sexo*, p. 152.
[238] Ibidem, p. 158.
[239] FERRAZ. *Preciso te ver*, p. 38.

[240] FERRAZ. *Preciso te ver*, p. 35.

[241] Ibidem, pp. 47-8.

[242] Ibidem, p. 48.

[243] Este termo se refere ao hábito que alguns homossexuais possuem de ir a boates, bares, saunas etc., em guetos homossexuais, para manter relações sexuais com parceiros variados, geralmente desconhecidos.

[244] FERRAZ. *Preciso te ver*, p. 107.

[245] Ibidem.

[246] Ibidem, p. 58.

[247] LEONEL. *Grrrls: garotas iradas*, p. 28.

[248] LEONEL. *As sereias da Rive Gauche: Introdução*, p. 4.

[249] Ibidem, p. 1.

[250] Idem. *As sereias da Rive Gauche*, p. 19.

[251] Ibidem.

[252] HALL apud LEONEL. *As sereias da Rive Gauche*, p. 11.

[253] LEONEL. *As sereias da Rive Gauche*, p. 13.

[254] Ibidem, pp. 13-4.

[255] LEONEL. *As sereias da Rive Gauche: Introdução*, p. 3.

[256] Idem. *As sereias da Rive Gauche*, p. 41.

[257] Ibidem.

[258] NAVARRO-SWAIN. *O que é lesbianismo*, p. 95.

[259] LEONEL. *As sereias da Rive Gauche*, p. 9.

[260] BARNES. *O almanaque das senhoras*, p. 4.

[261] LEONEL. *As sereias da Rive Gauche: Introdução*, p. 2.

[262] Idem. *As sereias da Rive Gauche*, p. 8.

[263] Ibidem.

[264] BARNES. *O almanaque das senhoras*, p. 5.

[265] LEONEL. *As sereias da Rive Gauche*, p. 12.

[266] Ibidem, p. 44.

[267] BARNES. *O almanaque das senhoras*, p. 13.

[268] MACRAE. *A construção da igualdade: identidade sexual e política no Brasil da "Abertura"*, p. 310.

[269] LEONEL. *As sereias da Rive Gauche*, p. 31.

[270] Idem. Publicação eletrônica [mensagem pessoal], p. 4.

[271] Ibidem, p. 3.

[272] Idem. *As sereias da Rive Gauche: Introdução*, p. 1.

[273] Idem. Publicação eletrônica [mensagem pessoal], pp. 2-3.

[274] Idem. *Grrrls: garotas iradas*, p. 28.

[275] Ibidem, p. 31.

[276] PORTINARI. *O discurso da homossexualidade feminina*, p. 83.

[277] NOBILI, ZHA apud PORTINARI. Ibidem, p. 81.

[278] CAPRIO apud PORTINARI. *O discurso da homossexualidade feminina*, p. 83.

[279] PORTINARI. Ibidem, pp. 83-4.

[280] Ibidem, p. 87.

[281] Ibidem, p. 88.

[282] BUSIN. *O último dia do outono*, p. 160.

[283] MESQUITA. *Julieta e Julieta*, p. 55.

[284] Ibidem, p. 88.

[285] Ibidem, p. 95.

[286] Ibidem.

[287] Ibidem.

[288] FERRAZ. *Preciso te ver*, p. 79.

[289] LEONEL. *As sereias da Rive Gauche*, p. 5.

[290] Ibidem.

[291] PORTINARI. *O discurso da homossexualidade feminina*, p. 67.

[292] SILVA. *Revista Viver Psicologia*, p. 16.

[293] PORTINARI. *O discurso da homossexualidade feminina*, p. 70.

[294] CARNEIRO. *Imaginários pós-utópicos*, p. 1.

BIBLIOGRAFIA

ABREU, Caio Fernando. Aqueles dois. In: *Morangos mofados*. 7. ed. São Paulo: Brasiliense, 1986, pp. 126-35. (Cantadas Literárias, 5).

_____. Pela noite. In: *Estranhos estrangeiros*. São Paulo: Companhia das Letras, 1996, pp. 53-155.

_____. Sargento Garcia. In: *Morangos mofados*. 7. ed. São Paulo: Brasiliense, 1986, pp. 81-6. (Cantadas Literárias, 5).

ALENCAR, José de. *Lucíola*. Rio de Janeiro: Tecnoprint, [19—], 163 p. (Coleção Prestígio).

AZEVEDO, Eliane. Meninas no armário. *Jornal do Brasil*, Rio de Janeiro, 10 nov. 2001. Caderno B, pp. 1-2.

BACELLAR, Laura. Publicação eletrônica [mensagem pessoal]. Mensagem recebida por <lfacco@bol.com.br> em 10 set. 2002.

BARCELLOS, José Carlos. Literatura e homoerotismo masculino: perspectivas teórico-metodológicas e práticas críticas. *Caderno Seminal*, Rio de Janeiro, ano 7, n. 8, pp. 7-42, 2000.

BARNES, Djuna. *O almanaque das senhoras*. Tradução inédita de Vange Leonel, 2002, 49 f. Não publicado.

BEAUVOIR, Simone de. A lésbica. In: *O segundo sexo 2: a experiência vivida*. Rio de Janeiro: Nova Fronteira, 1980, pp. 144-64.

BERND, Zilá. Identidades e nomadismos. In: JOBIM, José Luís (org.). *Literatura e identidades*. Rio de Janeiro: J.L.J.S. Fonseca, 1999, pp. 95-111.

BESSA, Marcelo Secron. *Retrovírus, zidovudina e Rá! AIDS, literatura e Caio Fernando Abreu*, 22 f. Não publicado.

BONASSI, Fernando. Apresentação. In: LEONEL, Vange. *Grrrls: garotas iradas*. São Paulo: Summus, 2001, pp. 7-9.

BORMANN, Maria Benedita Câmara. *Lésbia*. Florianópolis: Mulheres, 1998, 264 p.

BRANDÃO, Ignácio de Loyola. Obscenidades para uma dona de casa. In: MORICONI, Italo (org.). *Os cem melhores contos brasileiros do século*. Rio de Janeiro: Objetiva, 2000, pp. 471-7.

BUCCI, Eugênio. *Pornô chic*. Disponível em: <http://www.observatoriodaimprensa.com.br/artigos/obspp250720013.htm>. Acesso em: 4 dez. 2001.

BUSIN, Valéria Melki. *O último dia do outono*. São Paulo: Summus, 2001, 163 p.

_____. *Publicação eletrônica* [mensagem pessoal]. Mensagem recebida por <lfacco@bol.com.br> em 2002.

CARNEIRO, Flávio. *Imaginários pós-utópicos*, 11 f. Não publicado.

CASTELLO, José. Os anos 80 deram romance? *Jornal do Brasil*, Rio de Janeiro, 20 fev. 1988. Caderno Idéias.

_____. Entrevista com Caio Fernando Abreu. *O Estado de S. Paulo*, São Paulo, dez. 1995. Caderno Dois.

CHAUÍ, Marilena. *Repressão sexual: essa nossa (des)conhecida*. 6. ed. São Paulo: Brasiliense, 1984, 234 p.

COSTA, Jurandir Freire. Os amores que não se deixam dizer. In: *A inocência e o vício: estudos sobre o homoerotismo*. Rio de Janeiro: Relume-Dumará, 1992, pp. 41-57.

COUTINHO, Afrânio (org.). *A polêmica Alencar/Nabuco*. 2. ed. Rio de Janeiro: Tempo Brasileiro, 1978, 219 p.

DEL PRIORI, Mary (org.). *História das mulheres no Brasil*. 2. ed. São Paulo: Contexto, 1997, 672 p.

DELEUZE, Gilles. *Critique et clinique*. Paris: Les éditions de Minuit, c.1993. 187 p.

DUBY, Georges, PERROT, Michelle. *História das mulheres no Ocidente: o século XIX*. São Paulo: EBRADIL, [19—], V. 4.

FARIA, João Roberto. *José de Alencar e o teatro*. São Paulo: Perspectiva: Edusp, 1987, 176 p. (Coleção Estudos, 100).

FERRAZ, Stella C. *Preciso te ver*. São Paulo: Brasiliense, 1999, 167 p.

_____. Publicação eletrônica [mensagem pessoal]. Mensagem recebida por <lfacco@bol.com.br> em 6 ago. 2002.

FOUCAULT, Michel. *História da sexualidade I: a vontade de saber*. Rio de Janeiro: Edições Graal, 1988, 152 p.

FRY, Peter, MACRAE, Edward. *O que é homossexualidade*. São Paulo: Brasiliense, 1983, 125 p. (Primeiros Passos, 81).

FUNDAMENTALISMO islâmico e homossexualidade. Disponível em: <http://www.glsplanet.com/news/fundamentalismo.shtml>. Acesso em: 28 set. 2001.

GOLDBERG, Simone. Encanto feminino. *Sui Generis*, 15 maio 1995. Disponível em: <http://brmusic.com/vange/suigen.htm>. Acesso em: 29 out. 2002.

GOTLIB, Nádia Batella (org.). *A mulher na literatura*. Belo Horizonte: Imprensa da UFMG, 1990, V. 2.

GUMBRECHT, Hans Ulrich. Minimizar identidades. In: JOBIM, José Luís (org.). *Literatura e identidades*. Rio de Janeiro: J.L.J.S. Fonseca, 1999, pp. 115-24.

HALL, Radclyffe. *O poço da solidão*. Rio de Janeiro: Record, 1998, 507 p.

HARRIS, Bertha. *Our right to love*. [S.l.: s.n.], 1978.

HELENA, Lucia. Ficção e gênero (gender) na literatura brasileira. *Gragoatá* – Revista do Instituto de Letras – Pós-Graduação UFF, Niterói, n. 3, pp. 23-34, 2º sem. 1997.

HENNEGAN, Alison. Introdução. In: HALL, Radclyffe. *O poço da solidão*. Rio de Janeiro: Record, 1998, pp. 7-15.

HUTCHEON, Linda. Teorizando o pós-moderno: rumo a uma poética. In: *Poética do pós-modernismo*. Rio de Janeiro: Imago, 1991, pp. 19-41.

JARDIM, Antonio. *Ícaro e a metafísica – um elogio da vertigem*, 1992, 10 f. Não publicado.

LEONEL, Vange. *As sereias da Rive Gauche*. 2001, 56 f. Texto avulso.

_____. *As sereias da Rive Gauche: Introdução*. 2001, 12 f. Texto avulso.

_____. *Grrrls: garotas iradas*. São Paulo: Summus, 2001, 149 p.

_____. Publicação eletrônica [mensagem pessoal]. Mensagem recebida por <lfacco@bol.com.br> em 2002.

LOPES, Denilson. Uma história brasileira. In: *O homem que amava rapazes e outros ensaios*. Rio de Janeiro: Aeroplano, 2002, pp. 121-64.

LUNA, Fernando. A perseguida. *Tpm*. São Paulo: Trip Propaganda e Editora, n. 3, pp. 2-11, jul. 2001.

MACHADO, Felipe Sholl et al. *Análise da relação entre sexo, gênero e sexualidade através do filme "Meninos não choram"*. 19 f. Monografia (Graduação) – Faculdade de Comunicação, Universidade do Estado do Rio de Janeiro, Rio de Janeiro, 2000.

MACHADO, Roberto (org.). Não ao sexo rei. In: *Microfísica do poder*. 12. ed. Rio de Janeiro: Edições Graal, 2001, pp. 229-42.

MACRAE, Edward. *A construção da igualdade: identidade sexual e política no Brasil da "Abertura"*. Campinas: Ed. da Unicamp, 1990, 321 p. (Coleção Momento).

MESQUITA, Fátima. *Julieta e Julieta*. São Paulo: Summus, 1998, 139 p.

_____. Publicação eletrônica [mensagem pessoal]. Mensagem recebida por <lufacco@uol.com.br> em 23 out. 2002.

MÍCCOLIS, Leila, DANIEL, Herbert. *Jacarés e lobisomens: dois ensaios sobre a homossexualidade*. Rio de Janeiro: Achiamé-socii, 1983, 133 p.

MONTEIRO, Marko. O homoerotismo nas revistas Sui Generis e Homens. In: LITERATURA E HOMOEROTISMO: Encontro de pesquisadores universitários,

2., 2000, Niterói, RJ. *Anais eletrônicos...* Niterói, RJ: UFF, 2000. Disponível em: <http://www.artnet.com.br/~marko/ohomoero.htm>. Acesso em: 17 abr. 2001.

MOTT, Luiz. *O lesbianismo no Brasil.* Porto Alegre: Mercado Aberto, 1987, 220 p. (Depoimentos, 16).

NAVARRO-SWAIN, Tania. *O que é lesbianismo.* São Paulo: Brasiliense, 2000, 101 p. (Primeiros Passos, 313).

PINTO, Cristina Ferreira. *O Bildungsroman feminino: quatro exemplos brasileiros.* São Paulo: Perspectiva, 1990, 159 p. (Coleção Debates, 233).

PINTO-BAILEY, Cristina Ferreira. O desejo lesbiano no conto de escritoras brasileiras contemporâneas. *Mulheres e literatura.* Rio de Janeiro, v. 7, [s.d.]. Disponível em: <http://www.letras.ufrj.br/litcult/3_MULHERES/volume7/tx_bailey.htm> Acesso em: 29 ago. 2001.

PORTINARI, Denise B. *O discurso da homossexualidade feminina.* São Paulo: Brasiliense, 1989, 127 p.

PRADO, Danda. Publicação eletrônica [mensagem pessoal]. Mensagem recebida por <lufacco@uol.com.br> em 9 nov. 2002.

RIBEIRO, Luis Filipe. *Mulheres de papel: um estudo do imaginário em José de Alencar e Machado de Assis.* Niterói: Eduff, 1996, 445 p.

ROCHA-COUTINHO, Maria Lúcia. *Tecendo por trás dos panos: a mulher brasileira nas relações familiares.* Rio de Janeiro: Rocco, 1994, 249 p. (Gênero Plural).

SANTOS, Jair Ferreira dos. *O que é pós-moderno.* 6. ed. São Paulo: Brasiliense, 1989, 111 p. (Primeiros Passos, 165).

SANTOS, Rick. Publicação eletrônica [mensagem pessoal]. Mensagem recebida por <lufacco@uol.com.br> em 12 nov. 2002.

SILVA, Sérgio Gomes da. Identidade e cidadania homoerótica. *Revista Viver Psicologia*, São Paulo, ano X, n. 11, pp. 14-6, abr. 2002.

SOUZA, Érica Renata de. *Com quantos gêneros se faz uma pessoa? Uma análise de gênero na obra de Radclyffe Hall.* Disponível em: <http://www.artnet.com.br/~marko/radhall.htm>. Acesso em: 17 abr. 2001.

VARGAS, Maria José Ramos. *Os sentidos do silêncio: a linguagem do amor entre mulheres na literatura brasileira contemporânea.* 1995. 101 f. Dissertação (Mestrado em Literatura Brasileira) – Universidade Federal Fluminense, Niterói, RJ, 1995.

VIANNA, Lucia Helena de Oliveira. *Poética feminista – poética da memória.* In: CONGRESSO FAZENDO GÊNERO, 2002, Florianópolis: UFSC, 2002. Não publicado.

VIEIRA, João Luiz. Um espaço conquistado. *Época*, n. 222 – 19, pp. 60-6, ago. 2002.

VON, Aretusa. Triunfo dos pêlos. In: *Triunfo dos pêlos e outros contos gls.* São Paulo: Summus, 2000, pp. 15-21.

WILDE, Oscar. *De Profundis e outros escritos do cárcere.* Porto Alegre: L&PM, 1998, 196 p.

WOOLF, Virginia. *Orlando.* Rio de Janeiro: Nova Fronteira, 1978, 185 p.

FILMOGRAFIA

Amigas de colégio (Fucking Amal). Lukas Moodysson, Suécia/Dinamarca, 1998. Uma fita de vídeo (89 min.), VHS.

Contos de Nova York (New York stories) – episódio "Édipo arrasado", Woody Allen, EUA, 1989. Uma fita de video (124 min.), VHS.

Desejo proibido (If these wales could talk) – episódio "1972", Anne Heche, EUA, 2000. Uma fita de vídeo (96 min.), VHS.

O par perfeito (Go fish). Rose Troche, EUA, 1994. Uma fita de vídeo (84 min.), VHS.

Anexo I
Entrevistas

Seguem as entrevistas realizadas por mim, todas no segundo semestre de 2002, infelizmente, via e-mail, com Danda Prado, Laura Bacellar, Valéria Melki Busin, Fátima Mesquita, Stella Ferraz e Vange Leonel. A maioria das perguntas foi igual para todas. Tive, com isso, a clara intenção de comparar os diversos pontos de vista, as diferentes opiniões sobre as mesmas questões.

Devo dizer que esta pesquisa de campo foi preciosa para me esclarecer e melhorar minha percepção quanto à variedade de opiniões e posturas de autoras e editoras que estão fazendo a "literatura lésbica" contemporânea.

A introdução que se segue foi enviada a quase todas as interlocutoras, com algumas variações. A exceção foi Stella Ferraz, que já estava a par da minha pesquisa, pois vínhamos mantendo um diálogo havia algum tempo.

Em primeiro lugar, quero agradecer a sua atenção e disposição para me ajudar na pesquisa. Em segundo, acho que preciso lhe dar uma explicação, um detalhamento do meu trabalho. Para mim é um grande prazer falar sobre ele, pois o estou fazendo com muito entusiasmo.

Pois bem, a minha monografia final do curso de Especialização em Literatura Brasileira, na Uerj, em 1999, foi sobre Caio Fernando Abreu. Conheci, na época, o professor Italo Moriconi Jr. (meu atual orientador), que se entusiasmou com meu trabalho, minhas idéias, e me incentivou a fazer a inscrição para a seleção do mestrado. Infelizmente, problemas pessoais me impediram de fazê-lo. Mas, no final de 2000, eu afinal me inscrevi. Tinha a intenção de continuar a minha pesquisa sobre Caio, mas um acaso me fez mudar de idéia: o assunto da monografia da seleção. O tema sorteado foi "As contradições do Romantismo em José de Alencar". Como eu já estava na linha de pesquisa sobre a literatura de minorias, resolvi trabalhar um único texto de Alencar. Não poderia ter escolhido outro senão *Lucíola*. Nele abordei a questão da figura feminina, nunca tão enaltecida como nos textos românticos, nunca tão "sacaneada" quanto naquela triste sociedade do século XIX. Enfoquei, em especial, a figura da prostituta, que, por ser mulher, totalmente destituída de qualquer direito, além de ser condenada à marginalidade, não tinha direito sequer ao gozo, ao prazer, ao tesão. Esta é a grande questão de Lucíola. Execrada, considerada um ser absolutamente abjeto, por "sentir brotar de suas entranhas convulsas, contrariando a sua própria vontade, o prazer".

Descobri, então, ou melhor, realmente prestei atenção ao fato de que, se o discurso do homossexual vem sendo silenciado, o discurso feminino também o é. O discurso da mulher homossexual, então... nem se fala. Mudei, então, o tema da minha dissertação, que passou a ser "O homoerotismo feminino na literatura brasileira contemporânea".

Resolvi encarar esse desafio e, já que o tema é anticonvencional, decidi inovar também no que diz respeito ao aspecto formal. Minha dissertação será um texto ficcional. Cartas, para ser mais específica. Não digo mais, pois o resto é surpresa. Acho que até para mim...

Tenho lido muitos textos com esse tema, falado com muitas pessoas, e penso que as suas respostas me ajudarão a fazer determinadas "amarrações", ou melhor, desembolar alguns nós intricados nesta questão complexa e deliciosa.

Portanto, após este imenso preâmbulo, aí vão algumas perguntas, cujas respostas tenho a certeza de que irão me ajudar na pesquisa.

1) O que é para você literatura lésbica? Isso existe?

Danda Prado: Literatura lésbica é uma etapa da história contemporânea (do ponto de vista da LITERATURA). Impressiona ler toneladas de romances, assistir a centenas de filmes, e raramente, se não quase nunca, encontrar famílias, grupos diversos (estudantes, empresas, crimes, fatos políticos, etc. etc. etc.) no seio dos quais haja outro espécimen humano que o heterossexual. Pouco a pouco estão aparecendo esses novos produtos literários: não posso no momento citar quais, mas você como literata poderá encontrar romances nos quais coexistam pessoas hetero ligadas por amizade ou parentesco a pessoas homo. E vice-versa, DEVERIAM nos textos ditos homossexuais co-existir a amizade ou o parentesco a pessoas heterossexuais. Pelo visto ainda é difícil, e – limitando-me às lésbicas – tive entre as ofertas originais para a Aletheia, contato com diversas escritoras. Uma delas afirmou-me categoricamente que não tinha tempo nem conhecimento para descrever com certa profundidade a personalidade de personagens heteros. Ora, essa afirmação pareceu-me absurda, mas... difícil orientar criatividade. Não digo que inexistam nestes romances personagens hetero, mas são co-personagens, figuras que passam, sem muita presença, sem profundidade, desvinculadas do enredo. O ideal, a meu ver, seria a coexistência como acontece na realidade. Penso por que heteros, homos, trans, travestis, por que isolar cada um numa estante?

Como digo acima, esta literatura atual, particularmente a lésbica (os *gays* são outra coisa, não há muitos Oscar Wildes pelo mundo afora, há alguns, a maioria descreve sem cessar os sucessivos dramas na cama), tem que gerar uma nova imagem da lésbica, já que ou inexistiu na literatura, ou apareceu deformada, carregada de descrições preconceituosas e negativas. Foi preciso nos Estados Unidos surgir essa literatura positiva, na linha do *black is beautiful,* e as cartas de leitoras confirmam essa importância. São comoventes quando se dizem felizes agora ao passear pelas ruas de São Paulo, lembrando-se dos personagens de tais romances brasileiros. Sentem-se importantes, significativas na sociedade. "Ela também é igual a mim, e é inteligente, bonita, feliz."

Vamos viver essa etapa e em breve ingressar na outra, quando todos vão coexistir. É meu sonho.

Laura Bacellar: Literatura lésbica para mim é aquela que exige que a leitora seja lésbica para apreciá-la de verdade (às vezes até para entendê-la). Acho que muitas obras vão nessa direção sem ser exatamente isso, enquanto outras são isso, sim. Quando a autora assume que está escrevendo para um público lésbico, temos aí a literatura de gênero.

Valéria Melki: Essa é uma questão bastante complicada. Creio que exista literatura para lésbicas, ou seja, textos (ficcionais ou não) escritos especialmente para esse público. É isso que chamo de literatura lésbica.

Fátima Mesquita: Puxa, se existe literatura lésbica eu bem não sei. Mas preferia que não existisse. E não queria ficar presa a nada, por nada desse mundo.

Stella Ferraz: Para mim, o que existe é literatura. Quaisquer adjetivos só fazem reduzir sua dimensão. Eu faço literatura. Assim, para mim não existe literatura lésbica, como não existe literatura negra, ou de qualquer outra etnia, ou dos excluídos, ou proletária como se queria na era stalinista. Os reducionismos, em arte, são limitantes e a arte é de *per se* gigante, magnífica.

O que eu admito é o *olhar*, o *viés*, a *temática* dentro da literatura.

Vange Leonel: Acho que literatura lésbica é toda literatura centrada no homoerotismo feminino. É claro que, ao reunir vários estilos e escolas literárias apenas sob a égide do lesbianismo, não é possível dizer que a literatura lésbica tenha alguma particularidade ou alguma característica literária específica. Penso que, se o tema "lesbianismo" fosse mais comum, talvez não houvesse necessidade de se criar uma categoria como literatura lésbica – seria algo tão inconcebível como falar de uma Literatura Heterossexual. Nesse sentido, a literatura lésbica só existe enquanto alternativa à norma heterossexual. A literatura lésbica é aquela que ousa dizer e descrever o amor que ninguém antes ousava dizer o nome.

2) Caio Fernando Abreu se colocava contra o rótulo de "escritor gay". *Ele dizia que escrevia sobre relacionamentos humanos, independentemente da genitália, e que isso (a genitália) era detalhe. Qual é a sua opinião a respeito desse posicionamento?*

Danda Prado: Caio Fernando escreveu há muito tempo, antes dessa abertura sexual de hoje. Não usava pseudônimos, essa posição dele era habitual. No fundo, correta. Como eu disse acima, seria ideal relatar a vida como ela é, misturar as mulheres e os homens bonitos, bons ou malvados, homos e heteros, assim como os feios, malvados ou bons. Há romances que não mencionam a genitália de ninguém, de nenhum de seus personagens, porque não vem ao caso. Há outros que centram sua trama num drama sexual... não é assim? Não existe escritor *gay* ou escritora lésbica, existem temas. Assim como não existem escritores negros ou brancos, mas existem textos negros ou brancos.

Laura Bacellar: Eu acho esse tipo de comentário preconceituoso. Tudo bem que, depois que um escritor é classificado como de determinado gênero, o mercado não esquece e dificilmente permite que mude de categoria. Mas não vejo os escritores de ficção científica bradando que são escritores, não importa de quê. Ou os de policiais. A literatura *gay* é um gênero, é besteira pensar que não. Tudo certo que a literatura geral pode incluir temas homoeróticos, mas, quando o principal assunto é o ser *gay* ou lésbica, claro que o leitor mais interessado será homossexual. O Caio foi venerado pelos *gays*. Entre os heteros ele é relativamente pouco conhecido. Portanto ele era, sim, um escritor de gênero (que ainda não havia se estabelecido como tal). Um excelente escritor que podia ser lido por não-homossexuais com prazer, mas cujo principal público eram os *gays*.

Valéria Melki Busin: Respeito a posição de CFA, mas não concordo. Em primeiro lugar, uma ressalva: a homossexualidade não se define pela genitália, muito menos pela sexualidade somente. Acredito que pessoas possam fazer sexo com pessoas do mesmo sexo sem ser homossexuais. A homossexualidade, para mim, é mais abrangente e diz respeito não só à sexualidade, mas à afetividade também. Explico: *gay* não é um homem que transa com homem, mas um homem que quer transar e compartilhar sua vida exclusivamente com homens. Lésbicas são mulheres que transam com mulheres, mas mais: que querem também namorar, morar, casar, dividir o cotidiano com outra mulher.

Em segundo lugar, para se intitular como escritor *gay*, não basta ser escritor e *gay*, mas sim ser um escritor *gay* que escreva para *gays*. Eu me considero uma escritora lésbica, pois sou lésbica e escrevo para as lésbicas.

Fátima Mesquita: Assino embaixo e coloco ali o número da minha identidade e do meu RG!

Stella Ferraz: Concordo plenamente com Caio Fernando Abreu. Eu também não sou uma escritora lésbica ou *gay*. Sou uma escritora. E uma escritora que lança seu olhar sobre o mundo de relacionamentos e *modus vivendi* de uma minoria homoerótica, mas não apenas sobre esta minoria. Eu me recuso a ter minha literatura e minha arte reduzidas por um adjetivo qualquer. É tão ridículo falar em literatura lésbica como em literatura baiana, no caso de um Jorge Amado, ou literatura carioca, no caso de um Machado de Assis. O universo machadiano pode ser carioca, fluminense e classe média, mas a literatura é universal, porque abarca os grandes temas.

Vange Leonel: Eu conheci bem o Caio e chegamos a ser amigos. Ele odiava mesmo o rótulo de escritor *gay*, pois achava-o restritivo. Eu concordo com ele. A grande vantagem do escritor é poder se metamorfosear e transformar em cada personagem seu. Nesse sentido ele não tem gênero feminino nem masculino e tampouco orientação sexual – ou melhor, ele é tudo ao mesmo tempo. Mas recusar o rótulo de "escritor *gay*" não significa negar a sua própria homossexualidade nem significa negar-se a abordar o homoerotismo em suas obras. Em todo caso, noto uma aversão generalizada de artistas a rótulos (não só o rótulo "*gay*", mas muitos outros), justamente por serem restritivos.

3) O que você acha que está sendo publicado de bom com o tema do homoerotismo feminino no Brasil? O que tem mais agradado a você?

Danda Prado: Começam a surgir traduções de casos de transexualidade. Este tema me fascina por sua ambivalência, seu desafio ao *déjà vu*, às verdades absolutas.

Indico a você abaixo estes títulos. No Brasil há poucas traduções, uma pena. Tenho lido coisas interessantes além destes transexuais. O que há de novo são as obras em Psicologia e Medicina que incluem lésbicas ou *gays* entre seus pacientes ou sua temática nos ensaios. As revistas correntes são muito abertas, hoje. A sexualidade hetero está introduzindo nestas publicações práticas antes tabus. A heterossexualidade só admitia como válidos e felizes os atos sexuais que terminassem em penetração. Agora incorporaram a masturbação abertamente, desde a infância até a velhice, como ato sexual válido. Estamos lançando neste sábado um livro da médica Luciana Nobile chamado *Sexualidade na maturidade*. É um texto fundamentalmente hetero, mas inclui o lesbianismo e a homossexualidade aonde cabe uma referência específica, mencionando como fonte suas pacientes desta ou daquela vivência sexual. Isso me agrada muitíssimo.

Laura Bacellar: As mulheres têm necessidade de alimentar sua imaginação romântica. Acho isso perfeitamente válido, apesar de ser um gênero hiperdesprezado pela crítica.

Nesse ponto fico feminista. Acredito que as cabeças pensantes e criticantes são masculinas ou seguem o padrão masculino hetero. Ninguém cai matando na literatura baseada na excitação sexual, nem na excitação da violência. Não falo aqui de qualidade, mas de um tipo de gênero que existe. Mas muita gente torce o nariz para literatura romântica!

Tudo bem que algumas obras são totalmente formulaicas, mas ainda assim há alguma coisa de qualidade no gênero. E são formulaicas em todos os gêneros, inclusive nos de apelo erótico. Não tenho nada contra o erotismo, antes que você me compreenda mal, apenas comento o tratamento injusto dado a alguns gêneros porque são mais do gosto feminino.

Eu achei o livro *Julieta e Julieta*, das Edições GLS, da Fátima Mesquita, de muito boa qualidade. Achei as tentativas da Stella Ferraz, da Brasiliense, válidas. Idem para outro título da GLS, *O último dia do outono*, da Valéria Busin.

Acho interessante que alguém como a Fernanda Young fale de um relacionamento lésbico, apesar de, na minha opinião, aquele não ser um livro lésbico justamente porque parece dirigir-se a um público misto, talvez até mais masculino.

No entanto, não vejo nenhuma obra fabulosamente boa para lésbicas. Ainda está por surgir a nossa Patricia Highsmith, a nossa Ursula Le Guinn (que escreve ficção científica mas, por ser lésbica, coloca um enfoque deliciosamente de minorias em suas fantasias, sem nunca abordar a homossexualidade).

Valéria Melki Busin: Temos pouco material publicado e livros realmente bons são raríssimos.

Fátima Mesquita: Em português? Coisa nova? Não sei mesmo. Ainda não li o da Valéria nem os do novo selo da Brasiliense. Tem umas coisas do *Triunfo dos pêlos* que me chamaram a atenção. Contos mais "intricados", mais psicológicos, escritos por mulheres. E aí eu peço perdão porque não sei dizer agora nome de autor nem de obra, por conta de uma coisa tola: decidi não ter casa faz quase uns três anos. Passo um tempo no Brasil e depois tento ficar temporadas fora. E o resultado dessa técnica é, entre outras coisas, ter meus livros e referências básicas encaixotados, inacessíveis. E pode ter certeza: isso não é fácil...

Stella Ferraz: Poucas coisas têm me agradado na literatura de temática lésbica no Brasil, porque têm pouco ou nenhum compromisso com o literário. Ainda se escreve pouco nessa temática. E quem está escrevendo, pouco sabe de teoria literária, construção de personagens, fidedignidade e verossimilhança etc. São muitas vezes pára-quedistas que conseguem ser publicadas porque não há quem publicar. Eu ficaria com Vange Leonel em *As sereias da Rive Gauche*.

Vange Leonel: Eu li *O efeito Urano*, da Fernanda Young, que é um relato sobre uma garota heterossexual que experimenta uma relação lésbica. Gostei do livro, pois a Fernanda tem um texto saboroso e bem-humorado, e o lesbianismo é abordado sem preconceitos, de um lado e de outro. Faço essa ressalva, pois noto que há uma cartilha politicamente correta que tem servido de parâmetro para alguns outros lançamentos, principalmente das Edições GLS. Apesar de gostar muito da Laura Bacellar e de admirar seus esforços com a editora, não me encaixo numa linha editorial que prega uma narrativa simples, direta, sem grandes vôos lingüísticos e onde os personagens *gays* e lésbicas TÊM que ser mostrados como "gente como a gente". Eu entendo que as Edições GLS têm que ceder a certas pressões mercadológicas e que no Brasil as pessoas não lêem nem o que é mais simples, quanto mais um texto complicado e/ou elaborado.

4) O que você acha da proposta das Edições GLS, de mostrar uma imagem positiva dos homossexuais?

Valéria Melki Busin: Eu acho a proposta boa. Sei que ela sofre críticas, pois esse critério acaba sendo limitador. Concordo com a crítica, mas, mesmo assim, creio que precisamos ajudar a construir uma cultura positiva para combater a imagem negativa que os homossexuais têm de si, pois internalizam a rejeição que sofrem da sociedade. Numa sociedade justa, igualitária e que não discrimina, as Edições GLS não teriam sentido. No entanto, estamos muito longe disso e precisamos ainda de um movimento que ajude a fortalecer a auto-estima de *gays* e lésbicas, para conseguirmos conquistar igualdade de direitos.

Ajudo a Laura Bacellar a coordenar o Sarau Umas & Outras, exclusivo para lésbicas, e tenho constatado a diferença que o próprio sarau faz para as garotas, já que lá elas conseguem encontrar um grupo de iguais (sem ser ambiente de "caça"), conseguem encontrar referências positivas etc. Temos assistido a metamorfoses espantosas!

Fátima Mesquita: Estou com um problema pessoal e intransferível quanto a isso. Mas primeiro tenho que deixar aqui em negrito que acho a Laura uma figura que a gente precisa respeitar, porque, de um modo ou de outro, ela está bancando uma coisa histórica. Mas o fato é que nós duas discordamos sobre quase tudo... na boa.

Eu escrevi o "Julieta e Julieta" e mandei aleatoriamente para cinco editoras. Uma tinha endereço errado e voltou. Outra me mandou cartinha me desejando feliz Natal e próspero Ano Novo. Uma terceira não se importou em dar notícia, enquanto a quarta e a quinta entraram em contato comigo. Eram a Isa Pessoa, pela Objetiva, e o Senna Madureira, pela Siciliano. Ambos foram supergentis, ressaltaram o fato de que raramente eles chegavam a prestar atenção a textos que vinham pelo correio, sem recomendação e coisa e tal, e ficaram me paquerando, me rodeando até que, finalmente, confessaram: não queriam conto, queriam romance. Fiquei meio sem chão. Mas resolvi escrever um romance. E assim o fiz. Mas depois achei que era tudo soturno e... sei lá. Nunca mandei pra ninguém.

O tempo passou, passou mais um pouco e aí surgiu a GLS. E eu liguei. A Laura foi bacana, eu mandei, ela ligou de volta chamando pra conversar: meu texto era triste, ela achava os personagens consistentes, a coisa bem escrita, mas ela não queria tristeza e ainda me achava meio fraca de enredo. E eu fui lá ouvir aquilo tudo de perto. E topei aquela coisa de tirar uns e tentar escrever outros com essa perspectiva da felicidade e da linearidade. Era pra mim a mesma coisa que o pedido da Objetiva e do Pedro Paulo: tentar algo diferente. E eu topei. A Laura ajudou muito e eu achei que no final a coisa saiu simpática. Mas aí veio a rebordosa.

Eu não sei se sou escritora. Quando me perguntam, digo que redijo. E é mesmo assim que pago as minhas contas. Para o imposto de renda, continuo dizendo que sou radialista, porque trabalho muito para rádio e TV. E acho pretensioso da minha parte dizer que sou escritora. Quem escreve é Clarice Lispector, Ferreira Gullar, Sérgio Sant`Anna, Ana Cristina Cezar, Guimarães Rosa, Adélia Prado..., entende?

Mas tinha a coisa de escrever um segundo livro, né? A Laura me sugeriu um romance. Tentei de novo, mas com imenso desprazer. Em especial porque no meio do caminho fui parar uma temporada em Toronto e por lá conheci uma figura que escreve e é bacana e ficou me amolando pra escrever na terceira pessoa. E eu fui tentar e achei tudo uma merda grande, com cheiro de coisa americana. Também fiquei com essa craca na cabeça: enredo, enredo, enredo. E mais: fui a um *workshop* com o Loyola Brandão e desisti no primeiro dia que ele ficou repetindo a coisa do enredo, da história. E eu, em geral, não me interesso pelo *plot*, que acho até que é o que pega nos livros dos norte-americanos, que têm enredos incríveis descritos assim de um jeito sem sal, enquanto eu gosto é da palavra, do som dela. Por mim, não tinha que ter enredo algum. Era só palavra, palavra, palavra. Inclusive eu coleciono palavra. Leio livro, revista, qualquer coisa e aí listo palavras e depois vou escrever e não me interessa o quê. O que quero é juntar aquelas palavras debaixo do mesmo título, entende? Mas eu não sei avaliar se o resultado é bom ou não. E isso é uma das cracas marinhas de escrever: você não tem muito com quem trocar figurinha. Só tem palpite de amigo – o que não basta –, ou *feedback* de alguém que está com os olhos voltados para o mercado. Cilada, né?

Bom, eu disse pra Laura, lá pelas tantas, que tinha um segundo livro de contos em mãos e nada de romance. Ela pediu pra eu mandar. Mandei e ela não gostou. Me disse que a coisa toda era triste e mais isso e aquilo, e eu achei melhor ir lamber a areia de outras praias, que ela não estava me questionando a qualidade do texto em si – ritmo, clareza, coesão, estilo... Estava era questionando se minhas personagens tinham relacionamentos saudáveis ou não e aquilo não fez sentido, não teve eco em mim.

Me senti numa cadeira elétrica. E falei com ela que eu na verdade já escrevia sob encomenda quase que 24 horas por dia e que, na minha cabeça, a minha ficção era um espaço pra ser meu, sem dono, sem forminha de empada. Ela entendeu. Eu entendi. E a gente está até fazendo outros trabalhos juntas. Mas realmente não acho que dá pra mim, hoje, essa coisa da imagem positiva, mesmo porque a idéia do que é positivo aí é complicada. O que a Laura acha que é positivo me soa às vezes artificial. Mas repito: acho que tem um lugar no mundo aí para o que a Laura está batalhando. E eu não quero julgar nada nem ninguém. Como disse antes, não sou escritora, não sou artista, não sou acadêmica, não tenho compromisso, tento não ter pudor e, o mais importante, não estou querendo impor minhas idéias, limites e *big* etc. nem a nada nem a ninguém.

Stella Ferraz: A proposta das Edições GLS, assim como da Aletheia da Brasiliense, de apresentar uma imagem positiva dos homossexuais, é uma proposta política da maior importância. Eu mesma comecei a escrever literatura dentro desta temática após travar contato com literatura similar (e de péssima qualidade) americana. Embora a qualidade dos textos americanos fosse abaixo do medíocre, tinha um escopo político de desvitimizar homossexuais, apresentando-os como seres iguais a quaisquer outros, com suas pequenas tragédias e alegrias, além de mostrar as dificuldades da vivência homossexual numa sociedade heterossexual hostil à diversidade.

Vange Leonel: Bem, já comecei a responder na pergunta anterior. Eu acho bárbaro fazer um esforço consciente para apresentar uma imagem positiva de *gays* e lésbicas. Acho que é um trabalho importante para compensar séculos e séculos de imagens negativas que acabaram se fixando na mente das pessoas. Mas há sempre o perigo de fazer algo muito artificial, para não dizer chato. Há uma linha fina aí, que separa o esforço para uma imagem melhor e a beatice *gay* que glorifica o homossexual a qualquer custo. Não há regras para isso, e por isso mesmo é tão difícil saber qual a medida para retratar *gays* e lésbicas.

A própria peça *As sereias da Rive Gauche* recebeu uma crítica dura da *Folha de S. Paulo*, dizendo, incrivelmente, que o texto era preconceituoso em relação aos homossexuais. O crítico, imagino eu, incomodou-se com as piadas, o tom de deboche, e algumas caricaturas que julgou derrogatórias. Eu apenas expus as contradições de uma época e de um grupo de mulheres lésbicas. Nunca pretendi cagar regra, nem fornecer receita. Aliás, se há alguma constante em minha carreira artística, é minha independência e minha falta de "encaixe" em determinadas molduras, desde a época em que fazia música como principal atividade. Há duas frases nas *Sereias* que resumem bem o que sinto: "Sou uma sereia. Na água me afogo e na terra sufoco", e a frase de Romaine Brooks quando diz que "Sou uma estrangeira em qualquer parte".

5) Em um dos trabalhos que fiz no mestrado, abordei a construção da identidade homoerótica em O poço da solidão *e no conto "Aqueles dois" de Caio Fernando Abreu. Mais tarde, desenvolvi esse trabalho, fazendo a mesma abordagem no conto da Aretusa Von, "Triunfo dos pêlos", publicado no livro homônimo, pelas Edições* GLS. *No Modernismo havia, baseado nas idéias iluministas, um conceito de identidade fixa, monolítica, do indivíduo. Tudo o que não era homem, branco, heterossexual, classe média, ocidental, era minoria, ou desvio, ou inversão. Na pós-modernidade, nós vemos que esse conceito de identidade já está esfacelado. O ser humano é multifacetado. Se o conceito de gênero é mutável, o próprio corpo biológico também o é. Vange Leonel, no* Grrrls: garotas iradas *(Ed.* GLS*), fala das transfags (Não sei se você leu. São as "transbichas", garotas que se operam para mudar de sexo biológico e depois passam a se interessar por homens),* que mostram exatamente isso. No conto "Triunfo dos pêlos", a personagem protagonista transita, circula por todas as identidades sexuais. Como em* Orlando *ela acorda homem, mas não age de acordo com esse novo corpo biológico, como poderíamos esperar...*

Em contraponto a essa idéia, hoje está sendo feita uma literatura onde o que se deseja é passar uma imagem positiva da(o) homosse-

---

* Esta explicação não é dada nas questões endereçadas a Vange Leonel e a Laura Bacellar.

xual. É o estilo lesbian pride. *Neles eu reencontrei a identidade fixa, sem variação. Desta vez é o homossexual feliz, bem-sucedido, que vive em um mundo onde todos os preconceitos são contornáveis. Seria a busca de aceitação do mercado suplantando a questão da liberdade de escrita dos autores? Eu tenho a impressão de que os autores ficam meio engessados, oprimidos, para se ajustarem ao molde. O que você acha disso?*

Danda Prado: Acho que já me estendi sobre essa temática. Por coincidência, estou com um original de Fátima Mesquita excelente. É uma grande escritora, e absolutamente não tem essa linha. Em cada um de seus contos há personagens com diferentes personalidades. Teria aqui que retomar meu interesse pelos transexuais. Justamente eu me perguntava se não seria uma questão de discriminação de classe social essa vertente do modelo masculinizado e o da *lesbian chic*. Lendo porém tantos e tantos casos de transexualidade, me pergunto se não existe realmente uma dubiedade mais fácil de explicar. Veremos com o tempo, agora é que estão vindo à luz. Como você diz, esta questão me "morde os calcanhares" atualmente. É importante ver quando foram escritos esses romances históricos, como Radclyffe Hall. Não havia muita troca de idéias como estamos tendo aqui com você.

Laura Bacellar: Acho esta uma questão insolúvel. Os autores vivem dizendo que se sentem oprimidos pelas restrições impostas pelos editores marqueteiros. Os editores, por sua vez, rebatem que atentem ao gosto do público. Ou seja, de que adianta uma obra bela e literária pegando poeira nos depósitos? O princípio maior da literatura é ser lida, não?

Meu propósito nas Edições GLS não foi montar uma editora de literatura de vanguarda, porém de literatura útil, prazerosa, positiva para homossexuais. Quis oferecer o que eu encontrei na Inglaterra. E ao analisar as vendas, as opiniões dos leitores, os e-mails e comentários feitos em livrarias, o que percebi foi que a maioria das pessoas não quer pensar sobre fluidez de identidade, porém afirmar a sua própria. Um dos livros que menos vende da GLS, apesar de bastante bem escrito na minha opinião, é *Nicola*, sobre um *cross dresser* hetero. *Triunfo dos pêlos* também vende bem pouco, muito menos do que os romances mais certinhos. Aparentemente, ninguém quer pensar sobre gênero.

Como sou editora, fico irritada quando leio (ou ouço) algo como "aceitação do mercado suplantando a questão da liberdade de escrita dos autores". Não vejo ninguém sendo censurado porque escolhe falar de identidades pós-modernas. Como você mesma citou, o livro da Vange é essencialmente moderno. Só que a maioria das pessoas que resolve estudar o assunto é ilegível. Pura e simplesmente. Não sabe escrever para um público mais geral, menos acadêmico. Que eu saiba, não recusei nenhum original ótimo porque tratava de algo moderno demais. O que recusei era impossível de ler.

Posso estar enganada, mas vejo nesse tipo de reclamação uma atitude chororô de quem não se deu ao trabalho de tornar suas idéias palatáveis. O conto "Triunfo dos pêlos" é um exemplo do que se pode fazer de maneira bem-humorada. Implorei à autora que escrevesse mais. Note que vários dos outros contos são muito menos interessantes, e que do mesmo nível literário estão apenas a história de Fátima Mesquita e a do Alexandre Ribondi.

Por outro lado, até compreendo que muitos editores ficam paralisados num único tipo de literatura, recusando-se a arriscar abordagens novas. Portanto, de modo geral até é válido algum tipo de reclamação dos autores. Mas comigo fico ofendida, porque não é assim que me vejo.

Valéria Melki Busin: Creio que os livros da GLS são, comparando grosseiramente, semelhantes aos livros paradidáticos que os adolescentes lêem na escola. Eles têm um objetivo, que é discutir um tema, fazer pensar, formar opinião e, acima de tudo, fortalecer os homossexuais e combater o autopreconceito. Claro que, se a gente tivesse só livros da GLS para ler, seria um grande tédio. Mas os outros livros estão no mercado também, as grandes obras de arte, as experimentações lingüísticas etc. A valorização do enredo não é necessariamente ruim. Vejo, em outros selos mais pretensiosos, livros de qualidade bem inferior a alguns bons livros publicados pela GLS.

A minha pretensão, quando me dispus a escrever para lésbicas, jamais foi a de fazer a minha grande obra de arte, o livro da minha vida. Minha idéia é ajudar as lésbicas e escrevo para isso. Se meus livros são limitados, isso se deve mais à minha própria limitação como escritora. Mas meu objetivo casa perfeitamente com os propósitos da GLS e isso me deixa realizada.

Nos meus livros, procuro mostrar o quanto a atitude das personagens faz a diferença e que a coragem de enfrentar medos e preconceitos pode causar uma verdadeira revolução na vida das pessoas. Recebo e-mails do Brasil inteiro, a maioria deles de pessoas que dizem que ficaram aliviadas com o final feliz. Muitas vezes, essas pessoas fazem relatos de suas próprias vidas, se comparam às personagens e dizem que, um dia, terão coragem de fazer isso ou aquilo que elas fizeram. Isso me emociona porque sinto que estou conseguindo tocar as pessoas e mostrar que as coisas podem ser diferentes se elas ousarem mais, se enfrentarem o medo com dignidade.

Não concordo que os livros da GLS só mostrem o mundo cor-de-rosa. Creio que alguns deles apontam um caminho diferente para o mundo sombrio em que a grande maioria dos homossexuais, infelizmente, ainda vive. Você mesma citou *Grrrls: garotas iradas*, em que a Vange discute, em textos ótimos, várias questões mais ou menos polêmicas dentro do tema. E você também citou o conto "Triunfo dos pêlos", que também foi publicado pela GLS.

Se alguns autores se sentem engessados? Claro que sim! E frustrados, também. Mas eles têm opção de publicar por outras editoras, a GLS não é a única. Outra coisa: toda editora tem sua linha editorial. Você sabe que um livro pode ser recusado por "n" editoras, ser publicado depois de muito esforço e, de repente, virar um sucesso de público (Agatha Christie e Paulo Coelho são bons exemplos disso). Por que a GLS não pode ter a sua linha editorial?

Talvez essa "fórmula" se esgote, talvez precise ser revista futuramente, talvez seja necessário, posteriormente, quebrar algumas dessas "amarras". Por enquanto, acho que ainda há muito a se explorar dentro desse "esquema final feliz". E se a gente pensar que a imensa maioria dos brasileiros não lê nem jornal talvez a gente possa imaginar que os livros menos ousados, menos experimentais, mais simples, diretos e com foco no enredo tenham muito mais chance de atingir mais gente e causar mais transformações do que as grandes obras de arte.

Putz, escrevi um montão, mas não tenho certeza se respondi adequadamente à sua pergunta... ai, ai!

Fátima Mesquita: Eu entendo muito pouco de mercado. Como expliquei antes, meu livro foi publicado por acaso. Rolou e eu nem sei se vai rolar de novo. Eu queria ter a convicção de um Chacal ou de uma Rita Espechit, que correram atrás, saíram mimeografando, fazendo das tripas coração pras coisas rolarem. Não sei se não tenho talento suficiente ou saco, paciência, perseverança, crença. Não sei. Mas então me sinto meio livre: nem preciso ficar na forma de uma editora nem na obsessão de fazer rupturas, reinventar a roda da linguagem disso ou daquilo. Sou simples, plana, talvez até obtusa. Faço um feijão com arroz que talvez morra mesmo inédito comigo. Tenho até aqui minhas gracinhas, como um conto feito só de recortes de textos vários de dois outros autores, um estrangeiro e um da terra. Mas a Laura não gostou dele. E eu ainda não mostrei a outra editora. Nem sei se presta. Mas como disse acima, nalgum canto, o que menos me importa e o que faço pior é esse tal de enredo. Com certeza.

Stella Ferraz: Acredito que há que se analisar a questão sob diferentes pontos de vista. Em primeiro lugar, ao menos na minha obra, os personagens são redondos, para se adotar o conceito de Todorov. Não são fixos nem exatamente bons ou maus. São gente como a gente, complicada. Em meu *Preciso te ver*, assim como nos outros dois, embora o par principal acabe junto e feliz, sobra sofrimento para outras, que se vêem ora abandonadas, ora solitárias.

Há que se pensar também que, por ora, estamos num período político de construção da identidade lesbiana brasileira, um momento "romântico": ao menos eu estou tentando plantar uma semente de orgulho e identidade lesbiana positiva, sem medo de ser feliz. Daí que minha obra venha fugindo de uma situação como a de *O poço de solidão*. Este é o momento de lutarmos pela construção de uma identidade lesbiana brasileira, como José de Alencar e Dias de Y-Juca Pirama (de modo mais ou menos feliz) propuseram uma nova idéia do índio e da brasilidade. Identidade que era idealizada e, portanto, artificial. Mas esta etapa é momentânea. Em breve, novas obras surgirão com novas propostas e finais menos felizes.

Assim, não acredito que haja tanto uma necessidade de mercado, mas uma imposição de momento político. Naturalmente e passado este tempo, as editoras hão de ter coleções lesbianas de cunho comercial com final feliz e coleções lesbianas voltadas para outras problemáticas.

Vange Leonel: Você está completamente certa. É a mesma sensação que tenho. Mas como esse pós-modernismo me afeta até na hora de dar a minha opinião afirmo, mais uma vez, que não sou, de maneira nenhuma, categórica, em nada. Buscando entender esse fenômeno de engessamento, chego à conclusão de que isso é uma fase necessária, uma etapa que a GLS tem que cumprir, de maneira a solidificar o seu projeto. Há uma necessidade grande de romper, definitivamente, com a fase de Cassandra Rios ou Nelson Rodrigues, e suas obras moralistas. Nelas, os homossexuais são sempre pervertidos, sem caráter e malsucedidos. Os heteros, diga-se a verdade, também não são boas pessoas nas obras desses dois, mas o fato é que, como nenhum outro autor abordava tanto a homossexualidade quanto esses dois escritores, a perversão ficou ligada inexoravelmente à homossexualidade no imaginário literário popular brasileiro. Assim, o trabalho da GLS é válido, pois tenta impor outro padrão. Mas acho meio chato, e lamento que a editora não arrisque, paralelamente a esses lançamentos, outras narrativas mais livres e, para usar a sua expressão, menos engessadas.

6) Uma professora disse, em um debate, que literatura lésbica no Brasil ainda está para ser feita. Que visão você tem da Academia, quando transpiram esses comentários?

Danda Prado: Essa professora está dentro da realidade, parece-me, já que não se interessa especificamente pelo tema, desconhece o que existe e existiu no passado. Quanto à Academia, que eu saiba na Anpocs, da qual participei diversos anos, assisti a várias apresentações da temática lésbica. Eu mesma apresentei um projeto iniciado sobre maternidade lésbica. Foi inscrito o tema, aceito e debatido. Infelizmente, não consegui levar adiante meu projeto.

Laura Bacellar: A academia quer obras complicadas, que levantem casos merecedores de estudo. Eles gostam do que é impreciso, do que necessita de discussão para ser compreendido. Tudo certo. Função deles. Mas acho que não são bons para julgar o que existe ou não, o que está surgindo ou não. Para isso, na minha opinião, quem acaba decidindo é a cultura como um todo. Daqui a algum tempo, quando determinadas obras se tornarem ícones e outras desaparecerem de circulação, umas provocarem imitações, outras nem deixarem rastros, é que saberemos se já existe literatura lésbica ou não.

Na minha opinião existe, porém ainda não madura.

Valéria Melki Busin: Talvez ela esteja falando do mesmo tipo de literatura de que o Denilson fala, mas acho essa visão preconceituosa. Parece que as pessoas da Academia vivem num mundo diferente do meu.

A literatura lésbica vem sendo feita, sim. Talvez ela não tenha atingido o nível de excelência e qualidade literária que essa professora deseja, mas com certeza a literatura lésbica brasileira tem atingido corações e mentes por esse Brasil afora e, o mais importante, tem causado transformações nos leitores (homens e mulheres). Mais do que apenas uma grande experiência estética, a literatura tem de ter a capacidade de mudar formas de pensar e de viver. E, mesmo não tendo uma Lygia Fagundes Telles ou uma Clarice Lispector lésbica (risos), tenho consciência da importância do que estamos produzindo aqui.

Fátima Mesquita: Eu sou rábula. Aprendi meus vários ofícios na prática. Além disso, vira e mexe me dou conta de que vivo do que aprendi no primário. Comecei quatro cursos e nunca terminei. Gosto muito da Academia. Mas a gente não se combinou. Sempre tinha uma pedra no meio do meu caminho e agora eu de fato desisti. Gosto de ler ensaio, pensação, mas de verdade eu sou "biscateira", vivo de biscate, de pequenos expedientes e daí não há reflexo em mim sobre o que rola aí. Mas como não acredito em literatura lésbica em si...

Stella Ferraz: Não sei o quanto esta professora está informada sobre as publicações da GLS e da Aletheia. Com certeza, a literatura lesbiana no Brasil é incipiente. E a Academia sempre andou a reboque de qualquer manifestação artística. Quando a Academia aceita uma nova criação, é porque o mundo já a digeriu. Até porque a Academia não cria, mas estuda e analisa. Quer mais a reboque do que isso?

Vange Leonel: Eu concordo. Embora ache que o estabelecimento de rótulos seja um tanto aprisionante, penso que seja, por outro lado, necessário para quem vê de fora e para quem analisa e estuda tendências sociais ou estéticas.

Se literatura lésbica é toda aquela literatura feita por e sobre lésbicas, temos que acrescentar mais uma particularidade a esta receita. A Academia de Mulheres que Nathalie Barney e Collette criaram foi feita à imagem e semelhança dos simpósios em que a poeta Safo apresentava suas novas canções e suas alunas e iniciadas recitavam suas poesias. Assim, a literatura lésbica está associada a este tipo de reunião em que várias mulheres apresentam seus poemas e textos, fazendo de sua natural situação marginal uma oportunidade para se encontrar e fortalecer.

É lógico que a questão de se há ou não uma literatura lésbica vai sempre anteceder a questão sobre se a literatura lésbica brasileira está para ser feita ou já existe... Eu mesma ainda não fechei minha opinião sobre o assunto.

7) Ao ler seu livro percebi uma intenção bem clara de mostrar que ser lésbica não é um problema, um sinal de "anormalidade". Devo te dizer que acho isso bem legal, pois aumenta a visibilidade e encoraja as meninas a não se envergonhar, ser como são e sentir orgulho disso. Sei, perfeitamente, o tamanho do problema que "ser homossexual" representa para muitas pessoas. Neste ponto gostaria de te perguntar uma coisa: em todos os livros, desta linha, que tenho lido, vejo sempre personagens bonitas, classe média para cima, bem resolvidas profissionalmente, morando em casas boas, com roupas boas, e pais melhores ainda. Eu e você sabemos que é uma realidade completamente inatingível para a maioria da população brasileira. Lembrei-me agora da revista Época, com aquela reportagem sobre as lésbicas que assumem. Cheguei a comentar com a Vange Leonel que há, logo no início, uma frase extremamente preconceituosa, que diz mais ou menos assim: as lésbicas estão muito longe da imagem estereotipada de antigamente (se referindo, é óbvio, às garotas que se vestem de forma "masculinizada"). Trocando em miúdos, as meninas só estão sendo aceitas pela sociedade por serem "femininas", pintarem as unhas, usarem salto alto e batom. De qualquer maneira as lésbicas continuam tendo que se moldar a um tipo "permitido socialmente" para não serem ridicularizadas, hostilizadas, mesmo. Você não acha que esse tipo de postura é uma faca de dois gumes? Ao mesmo tempo que propicia uma visibilidade, reforça a exclusão das "diferentes" do modelo aceito como permitido? E ainda, não acha que o tipo de literatura lesbian pride *reforça a construção deste modelo, aí sim, estereotipado?*

Valéria Melki Busin: Acho que você tem razão, mas acho que as escritoras que fazem isso (como eu, assumo) o fazem por serem de classe média ou alta. Eu não saberia escrever sobre a realidade das lésbicas das periferias, não por ser elitista (Deus me livre), mas porque não tenho conhecimento adequado para isso. Elas passam por problemas que nós nem imaginamos e, por outro lado, "coisinhas" que incomodam a classe média não chegam a fazer parte da vida delas.

Sei, por exemplo, que elas não podem participar do meu grupo de ajuda mútua atual porque não têm dinheiro para chegar até o centro (que merda de país que construímos!). Tive muito mais contato com os rapazes da periferia, pois muitos deles se engajaram na campanha do Beto e trabalhei com eles. A realidade é muito diferente.

Tenho vontade de, mais adiante, fazer um grupo de ajuda mútua para as lésbicas da periferia. Estou ganhando experiência nesse grupo atual, que ainda está bem no início (diferentemente do sarau, que já existe há mais de um ano), e depois vou tentar fazer esse trabalho na periferia. Quem sabe eu ganhe conhecimento suficiente para fazer um livro para elas, mas que retrate fielmente a realidade delas e não a visão distorcida que temos a partir do nosso mundinho de classe média. Já li paradidáticos em que isso acontece, acho lamentável, uma forçação de barra tremenda, estereotipada e preconceituosa. Eu não quero fazer nada assim.

Também concordo com você quanto à necessidade de mostrar as lésbicas no estilo *lesbian chic* e acho terrível. Mas, acredite, isso tem partido das próprias lésbicas, um horror. Parece que, para serem aceitas, elas procuram se encaixar nos modelitos socialmente palatáveis. Escrevi um artigo sobre isso para o site Umas & Outras. (Anexei ao final desta para você ver o que penso a esse respeito. Se puder, comente-o.)

Por outro lado, temos de reconhecer que a grande parte das lésbicas é careta e que também seria preconceituoso de nossa parte querer que lésbicas sejam revolucionárias, libertárias etc. Menina, elas mal se dão o direito de gozar! Quando a gente fala de penetração, brinque-

As heroínas saem do armário

dos sexuais, relacionamento aberto, drogas... nossa, você não imagina as reações!

De qualquer forma, tenho tentado aliviar um pouco isso nos meus livros (com resultado bem medíocre ainda, confesso). No primeiro livro, uma das protagonistas tem um *affair* com uma mulher negra e fuma baseado. Nesse livro novo, uma das protagonistas é adepta do relacionamento aberto e a ex-mulher dela é uma lésbica meio mau caráter, que a trai sem culpa nenhuma. Eu tentei não deixar o livro tão careta, acho que aliviou um tiquinho.

Fátima Mesquita: Puxa, você está mexendo num vespeiro. Por exemplo, eu estou agora com o cabelo comprido e lá em Londres tinha gente me enchendo o saco pra eu cortar o cabelo que desse jeito eu não estava sendo lésbica o bastante. E então, se existe essa polícia entre nós mesmas, como é que fica o que a gente escreve? Nesse sentido, eu acho que a gente é só espelho. Quer dizer, acho que não há problema algum se eu quiser escrever sobre meu universo. E como meu universo é classe média tola... fica lá registrado. Só acho complicado ter algum editor/crítico me dizendo que meu universo não vende, ou não é limpo ou sujo o suficiente. Por outro lado, não acho seguro, pra mim, escrever sobre mundinhos que não conheço. Porque escrevo na primeira pessoa, coando a memória (como diria Chico Buarque), fantasiando, ampliando e coisa e tal, mas teria que fazer pesquisa pra escrever sobre outras realidades e aí, volto a confessar, sem necessidade de tortura: tenho preguiça enorme disso.

Agora queria puxar outro fio: de certa maneira, as lésbicas mais comuns, mais chinfrins, estão sendo também marginalizadas pelo que há hoje de visível na mídia. Eu e minhas amigas não temos cabelo colorido nem *dreadlock*, não vamos a *rave*, não entendemos nada de música eletrônica e nem nos chamamos de "bolachas". A gente mora em bairros distantes, sua muito pra pagar as contas, somos chamadas de "sapatão" (por mim, numa boa) e está à cata de felicidade terrena. Também no meu estreito mundo, não tenho a sorte de conviver com trans, com *drags*, nada disso. Então, elas não surgem nos meus textos porque não surgem. Não há nada de premeditado nisso.

Até andei vendo coisas bem interessantes lá em Toronto. Minha ex-*landlord/landlady* agora faz *shows* como *drag king* e acabou de escrever tese de mestrado sobre a questão. Mas era eu lá vendo coisa de gringo, entende? Não absorvi o suficiente pra surgir pontadas disso em meus textos. Mas meu romance inédito é sobre uma moça classe média que come um panetone amassado pelo diabo porque entra numas de que é homem...

No mais, sinceramente, acho muito bacana essa moçada que vai à luta, que defende posições, que exige viradas, o pessoal que anda aqui se reunindo no sarau. Mas sou preguiçosa, meio anti-social, e qualquer coisa é desculpa pra eu ficar em casa ou só mandar e-mails. E assim, desse jeito, vou me recusando a carregar bandeiras; fico meio à margem. Só defendo a liberdade. Mesmo que seja a de você me aporrinhar o saco.

Logo que lancei o livro, por exemplo, a *Época* e a *Veja* me ligaram algumas vezes pra que eu desse opinião de sapata. E eu tentei ser gentil, mas disse com todas as letras que eu não era representante de todas as sapas do país e não ia virar a sapata pensante/falante da vez. Seria muita pretensão minha, minha cara. Prefiro continuar cá no meu canto, batucando letras no meu *computer* sem compromisso. Se rolar mais livro, bacana. Se alguém achar legal porque viu ali algo de algum modo edificante, OK. Se alguém acreditar que a linguagem merece elogios, *all bright*. Mas não estou à cata de nada disso. Podem achar que tudo é um grande nada que a minha vida vai seguir do mês o jeito.

Stella Ferraz: Há algumas coisas a considerar. Assim como a indagação é longa e circunstanciada, igualmente o há de ser a resposta.

1. Lésbicas de classe média apresentadas nos romances. A verdade é que só se escreve bem sobre o que se conhece bem. Stella C. Ferraz não tem condições de escrever um romance que siga os paradigmas de verossimilhança e fidedignidade, credibilidade se os seus personagens não transitarem pela classe média, porque Stella C. Ferraz não conhece a fundo a realidade, o cotidiano e as agruras das classes mais desfavorecidas, assim como jamais poderá escrever um livro sobre pessoas milionárias ou que jamais trabalharam porque não precisam trabalhar. Tanto uma quanto outra são realidades que ela conhece superficialmente, não o suficiente para poder produzir um romance que não soe oco e falso. Considerando que 90% de escritoras são prove-

nientes da classe média, parece-me natural que seja a classe média a classe enfocada. Afinal, *Quarto de despejo*, de Carolina de Jesus, foi um sucesso porque escrito por alguém que conhecia a fundo o drama e a miséria dos catadores de papel.

2. Antigamente a relação lésbica era, de modo geral, pautada pelas normas ditadas pela relação heterossexual com sua definição de papéis. Havia a *butch* e a *femme*, a sapatão e a sapatilha com funções e papéis bem-definidos, seguindo os paradigmas heterossexuais. Hoje, a necessidade de funções e papéis está se perdendo, até os homens descobrem sua porção feminina, os limites e as fronteiras deixam de ser tão marcados e aumenta, desse modo, a liberdade de ser o que se quer quando se quer. Ainda existem as *butches* e as *femmes*, mas porque assim o querem. A maioria das lésbicas quer ser o que lhes dá na veneta... Viva a liberdade de ser o que se quer ser!

3. Além disso, o número de mulheres que gostam de mulheres e preferem permanecer femininas, sem sentir a necessidade de se comportar/adotar trejeitos masculinos para exercer sua sexualidade lesbiana, aumentou enormemente. Já não há necessidade de se masculinizar para exercer uma sexualidade voltada para o mesmo gênero e sexo. Para mim, isto é o lesbianismo em seu estado puro: ser mulher e gostar de mulher.

4. Dessa forma, acredito que estereótipo é a postura antiga, o modelo antigo de definir e delimitar funções e papéis, com o conceito e a idéia subjacentes de que o masculino/feminino deve ser reproduzido na relação homoerótica. A revolução é "dar uma banana" a essa imposição da sociedade heteropatriarcal de que o amor carnal e apaixonado somente se pode dar entre masculino-feminino, corroborado pelo fundamentalismo judaico-cristão de que "Deus os fez homem e mulher" e só a esse tipo de par e parceria está autorizado o amar. A homossexualidade é a revolução amorosa. Os iguais se amam sem precisar se diferenciar para poder se amar. Não é maravilhoso isso?!

Perguntas exclusivas a Danda Prado

1) Qual foi o embrião do selo Aletheia? O que fez com que você resolvesse apostar nesse projeto?

Fizemos um concurso de contos eróticos escritos por mulheres, aceitando pseudônimos. O sucesso foi total. Eu fui convidada para inúmeras entrevistas na TV, rádio, revistas e imprensa. A curiosidade imensa, por parte das entrevistadoras. Recebemos centenas de contos. Escritoras lésbicas... pouquíssimas, e contos eróticos lésbicos, menos ainda. Assustador. Nem sob pseudônimo ousavam. Ou não existiam? Claro que sim, mas como lésbicas nem para elas próprias. Sendo a linha editorial da Brasiliense conhecida por seu vanguardismo, sendo essa quase a definição da editora desde que Caio Graco assumiu a direção, havia inúmeros livros sobre homossexualidade, drogas, *beatniks*, AIDS, assim por diante. Resolvi investir (a fundo perdido) na temática. Tenho ótimas experiências. Uma de nossas autoras, Bertha Solares – pseudônimo – por exemplo, fala em seu primeiro romance na perseguição aos judeus na Alemanha nazista, história comovente (personagens centrais lésbicas). Seu segundo livro, que está sendo lançado neste mês ainda, focaliza a perseguição antidemocrática durante a ditadura no Brasil (64/79) – personagens centrais *idem* lésbicas, mas alguns outros, importantes personalidades vítimas da ditadura.

Nosso grande problema é que nenhuma de nossas autoras aceita ir à TV, só ao rádio mas bem camufladas. Nem entrevista com foto em revistas ou jornais elas admitem. Todas trabalham, claro, e receiam ser assim identificadas. Uma de nossas autoras, também a ser lançada logo agora, junto com Bertha Solares, nascida na Bahia, mora na França com seus filhos, casou lá com um diplomata e até divorciar-se viveu de Seca a Meca. Escreveu um romance divertido, vai da França ao Rio de Janeiro, cheio de episódios inusitados, com descrições do Brasil divertidas. Não quer saber de aparecer...

2) Este novo "modelo" da lésbica bonita, "feminina", corresponde ao tipo que foi focado na reportagem da revista Época e, segundo as próprias palavras da revista, está longe daquele modelo masculinizado, estereotipado de antigamente. É mais ou menos como se as "outras", as "machonas", fossem de uma espécie que tivesse sido extinta. Há nessa questão, segundo minha visão, dois aspectos. Se, por um lado, quebra o "modelo Radclyffe Hall", da "invertida" que reproduz a relação sexual heteropatriarcal falocêntrica, por outro, esse "modelo" seria o reforço de um preconceito dentro do próprio segmento lésbico, já que, se é essa a "lésbica vigente",

As heroínas saem do armário

as outras estariam descartadas, silenciadas. Como resolver este paradoxo?
(Esta é uma das questões que mais me "mordem" os calcanhares.)

A única falha da revista *Época* foi realmente essa, de classificar a *lesbian chic* como uma nova lésbica, quando existem ainda as masculinizadas assim assumidas, basta ir a uma boate ou festa de mulheres para constatar isso. Além desse aspecto, os homens também mudaram sua tradicional masculinidade. Até Lula apara a barba e quer usar Armani... sua mulher foi levada à Daslu, a loja mais cara e *up to date* do Brasil?

Significa que para muitas usar roupas femininas era inacessível, assim como cuidar de sua estética corporal. Hoje se faz cabelo por $ 5, unhas *idem*, ginástica grátis na praia e nas praças, estímulo à caminhada etc.

A mulher lésbica é uma mulher. Agora, a lésbica que deseja parecer-se com o motorista de caminhão segue esse caminho. A motorista de um Vectra pode ou não ser lésbica, use ou não roupas masculinas.

Perguntas exclusivas a Laura Bacellar

1) Qual foi o embrião das Edições GLS? O que fez com que você resolvesse apostar nesse projeto?

Eu explico isso em algumas entrevistas por aí. Mas o principal é que eu fui para a Inglaterra quando tinha dezenove anos, e lá me deparei com livros que falavam de maneira não preconceituosa da homossexualidade. O primeiro que achei foi *The price of salt*, de Claire Morgan (acho), todo arrebentado, num sebo. Aquele livro mudou um monte de coisas em mim porque era uma história romântica entre mulheres com final feliz. Fiquei maravilhada. Muitos anos depois descobri que era um pseudônimo de Patricia Highsmith, e que aquele livro em particular foi o primeiro romance em que as duas mulheres acabavam juntas, vivas e felizes, e que vendeu mais de um milhão de exemplares...

Depois de descobrir que literatura lésbica existia, fiz um curso em literatura inglesa feminina por conta própria. Li tudo o que podia ter alguma relação com lesbianismo, tendo encontrado lixo e algumas escritoras consideradas clássicas, como Virginia Woolf e Vita Sackville West (é assim que se escreve?). Li também muita não-ficção, depois que encontrei uma livraria só de mulheres (só com autoras) em Londres. O contato com o conhecimento, com várias visões sobre homossexualidade, com imagens românticas me ajudou num momento essencial, quando eu estava explorando a minha sexualidade. Nem tudo foram flores, claro, mas a certeza de saber que não estava sozinha, que fazia parte de uma minoria que sempre tinha existido e já havia sido respeitada em outras civilizações, e que era o lesbianismo uma expressão natural da sexualidade humana me deixou mais tranqüila em relação a mim mesma.

2) Em um e-mail anterior, você me disse que tem a consciência de que publica textos "não tão literários" (suas palavras), se seguirem a proposta das Edições GLS. O que exatamente você considera um texto "verdadeiramente literário"?

Existe uma classificação informal no mercado que considera a verdadeira literatura aquela em que a história é menos importante do que a maneira como é contada. Ou seja, ela não pertence a nenhum gênero, porque o que importa é a forma. A verdadeira literatura é considerada assim quando consegue interessar a um público sem classificação, ultrapassando o público-alvo de vários gêneros.

Eu não acho exatamente isso, mas utilizo a definição vigente para evitar críticas. Se declaro que tal coisa é de gênero e não verdadeira literatura, ninguém vai se dar ao trabalho de ficar criticando o que publico.

Acho que existem qualidades de sutileza e complexidade na literatura, e que a melhor exige treino. Só quem já leu muito aprecia as obras "verdadeiramente literárias", porque ler é um prazer aprendido. Assim, considero que muitas obras de gênero são simples e conseguem agradar a quem não tem muita prática de leitura. E muitas obras ditas gerais são mais complexas e só agradam a um público mais culto. Mas obras simples podem ser boas. Obras de gênero, como as de Ursula Le Guinn, podem ser maravilhosas. Digo gênero aqui como segmento de mercado e não como masculino e feminino. E obras pretensiosas para um público mais culto podem ser chatíssimas. Ou seja, as classificações são imprecisas. Para mim, literatura de verdade é a que funciona. Se o autor se propôs a encantar e a história me encanta, é literatura. Se propôs me deixar intrigada e eu não fiquei, para mim não é literatura. Se eu vejo como a história vai se desenrolar daqui a cinqüenta páginas, nota baixa. Se fico surpresa, nota alta.

Perguntas exclusivas a Valéria Melki Busin

1) Você me falou, por e-mail, que existe um "preconceito academicista" em relação às publicações estilo lesbian pride. *A que tipo de preconceito você se referia exatamente?*

Que eu me lembre, não escrevi para você que a academia tem preconceito contra o *lesbian pride*, mas sim que acho os seus questionamentos essenciais, especialmente na Academia, onde estivemos por muito tempo à mercê de cientificismos baratos. Ou seja, o que se tem dito e o que vem sendo escrito sobre a homossexualidade, na Academia, está sempre contaminado pelo viés moralista. Por que os cientistas levaram séculos para "flagrar" a homossexualidade entre os animais?

Mas é claro que há preconceito, sim. Na Academia, importa mais a qualidade literária, as inovações lingüísticas, a criatividade livre. O modelito final-feliz é duramente criticado. Você deve se lembrar do Denilson Lopes batendo duro no tipo de literatura que eu faço. Acho que uma produção como a dele é importantíssima, mas tenho certeza de que o que eu faço é muito importante também, especialmente pela função social.

2) Você disse que está escrevendo um novo livro para as Edições GLS. Ele segue a mesma linha do anterior?

Sim, segue. Nesse segundo livro, também um romance romântico com final feliz, eu discuto questões que tocam mais as mulheres na casa dos trinta e alguns anos, como o medo de se revelar no ambiente de trabalho. Toco em questões como separação conjugal, guarda de filhos etc. Também me preocupei em destacar a solidão do silêncio a que nos submetemos. E, mais uma vez, enfatizo bastante a importância da mudança de atitude e do enfrentamento dos medos para mudar uma situação adversa.

Creio que a linguagem está mais madura também, não só as personagens. O outro tinha um tom muito adolescente, esse está mais adulto. Também acho que estou aprendendo um pouco mais em cada livro, achei esse livro mais bem escrito – espero que a Laura Bacellar, minha editora, também ache (risos).

Pergunta exclusiva a Fátima Mesquita

1) Você escolheu a narrativa curta para seu texto. Algum motivo especial para isso?

Aproximadamente um trilhão e meio de motivos me levaram à narrativa curta. Listo um bom punhado deles aqui, mas sem a menor intenção de dar peso maior a um ou outro item, OK?

- Acho que tenho o fôlego curto. Escrevi um romance e meio e me encho de tédio enquanto trabalho neles. Parece fardo enorme ficar carregando aqueles personagens por meses, anos. Sinto como um punhado de fantasmas me azucrinando. Ou seja, pouco prazer e muita preguiça.
- Sempre amei e li muito conto e crônica pela vida afora. Gosto da resolução deles, gosto de poder ler em pouco tempo, nas brechas que às vezes as obrigações deixam aqui e ali. Acho prático e bacana.
- Queria escrever (e continuo querendo) coisas simples, que possam ser lidas por qualquer um. E pelo simples fato de que sou um excelente exemplar dessa raça chamada Qualquer Um.
- Tenho uma formação prática de texto curto, de rádio. E acho que isso influencia muito a maneira como escrevo, mesmo quando teço frases mais longas. Tudo o que redijo leio em voz alta. Procuro ritmo; me interesso pelo som. E às vezes tenho que voltar mil vezes aqui e ali pra quebrar rimas que surgem do nada. Um problemão.
- A idéia de escrever *Julieta e Julieta* surgiu no carro. Eu voltava da casa de amigas recém-entronizadas no posto de muito queridas,

e aí tem essa coisa de ficar o povo sempre falando sobre como cada um se descobriu homossexual e eu acho isso lindo, lindo mesmo. Porque é tão variado! E pra alguns dói, pra outros vem natural, tem nego que se toca já quando está em certa madureza e outros que se sentem de algum modo diferente desde que usavam fraldinha. Então, o livro já nasceu assim, como pequenas historietas de gente que ia se descobrindo amante do mesmo gênero. Só que entre o que primeiro escrevi e o que foi publicado vai uma longa distância – o que não é uma reclamação, apenas uma constatação.

Pergunta exclusiva a Vange Leonel

1) Em um primeiro momento, ao ler As sereias da Rive Gauche, *eu fiz uma correlação entre o pedido de Nathalie Barney a Djuna Barnes, que escrevesse uma resposta bem-humorada a* O poço da solidão, *já que este apresentava uma idéia deprimente das "invertidas", e a proposta das Edições GLS, ou seja, passar ao público uma imagem positiva, "pra cima", das mulheres homossexuais. Você vê sentido nesta comparação?*

Eu acho a questão mais complexa. Em certo sentido, *O poço da solidão* apresentava, sim, uma imagem positiva das "invertidas". Radclyffe Hall fez da personagem Stephen uma pessoa digna, com princípios éticos e morais muito bem definidos. Stephen é tão moralmente superior a toda a sociedade que a cerca que acaba sacrificando o seu amor e desiste de Mary para evitar que ela sofra com a intolerância e o preconceito. Este é um gesto de quem se acha moralmente superior. E Radclyffe Hall estava muito mais preocupada em retratar uma realidade do preconceito, sacrifícios e sofrimento que, inegavelmente, faziam parte da vida de *gays* e lésbicas naquela época.

Digamos que *O poço da solidão* deu um passo à frente no que diz respeito a apresentar uma imagem melhor das lésbicas (assim como a Edições GLS dá um passo, pragmático, à frente). Já com *O almanaque*, pode-se dizer que Djuna Barnes deu muitos passos à frente e, lá na frente, resolveu andar em círculos. Isso porque *O almanaque* é amplo e global no seu intuito de retratar as lésbicas e o faz de todas as maneiras possíveis, elogiosas e derrogatórias. *O almanaque*, ao mesmo tempo, tripudia e glorifica as mulheres e as lésbicas – não há um consenso a respeito das mulheres homossexuais, não há uma palavra definitiva (elogiosa ou derrogatória) sobre as lésbicas e, nesse sentido, *O almanaque* é um texto, mais que modernista, talvez pós-modernista, em que não há a necessidade de uma "moral da história" nem de uma visão "unificada". Há muitas críticas feministas que condenam *O almanaque* por seu teor, em alguns trechos, bastante ofensivo à mulher. Eu discordo. Acho essas críticas muito calcadas numa ideologia de correção política, típica da crítica literária norte-americana. A meu ver, *O almanaque* é uma obra altamente feminista e feminina, e mesmo os trechos mais ofensivos às mulheres são de uma honestidade intelectual e sensibilidade enormes.

Como você pode ver, a questão é bastante complexa. Se, por um lado, *O almanaque* goza e faz brincadeiras (às vezes ofensivas) a respeito das lésbicas, *O poço da solidão* trata a questão com seriedade e faz uma apreciação moral, coisa que *O almanaque* parece querer driblar (na verdade *O almanaque* faz várias apreciações morais, sim, mas de maneira deliciosamente contraditória, evitando afirmações definitivas e categóricas, dispondo diferentes apreciações morais num mesmo texto, num mesmo círculo, num mesmo calendário, no mesmo *O almanaque*).

Por outro lado, *O poço* é tremendamente convencional em sua forma e coloca uma ênfase exagerada nas dificuldades e tristezas da vida homossexual. Neste ponto, *O almanaque* é muitas vezes mais divertido e subversivo, revelando tanto a melancolia e a dor, como também a glória e o êxtase do amor lésbico.

Dentro deste quadro, e fazendo a comparação que você sugere, eu penso que o trabalho das Edições GLS parece estabelecer um paralelo com *O poço da solidão* em sua proposta sociopolítica de divulgar e esclarecer questões ligadas à homossexualidade: textos numa linguagem linear, direta, de fácil entendimento para o público em geral, e que procurem passar uma imagem positiva do homossexual. (Lembre-se de que, na época, *O poço da solidão* foi encarado como um esforço para passar uma imagem positiva das lésbicas. O livro foi praticamente banido por apresentar uma defesa em favor dos homossexuais. As pessoas que não gostavam do livro foram os conservadores que o julgaram um perigo moral, e um pequeno círculo de intelectuais de vanguarda, que, diferen-

As heroínas saem do armário

temente dos conservadores, acharam que o livro não fora longe o bastante. Nesse sentido, *O poço* pode ser visto como revolucionário por uns e conservador por outros.)

E, quanto a *O almanaque*, não sei se caberia uma comparação ao projeto da Edições GLS, pois é um livro sem narrativa linear, hermético, só para iniciados, repleto de mensagens cifradas de duplo sentido – ou seja, completamente diferente da proposta da GLS. Quanto ao conteúdo, *O almanaque* é livre para dizer, de maneira sempre bem-humorada, que as mulheres e as lésbicas são tanto anjos celestes como criaturas infernais. Essa duplicidade, essa simultaneidade de visões, altamente complexa, típica de um texto, como você diz, pós-moderno, não caberia no projeto da GLS, penso eu. Outro aspecto que distancia *O almanaque* da GLS é o comercial. A editora tem, agora, me parece, o objetivo de conquistar um público cativo e, portanto, precisa estar atenta às vendagens. Neste ponto, novamente, o projeto da editora se diferencia da proposta de *O almanaque* – inclusive, propus a Laura Bacellar editar uma tradução para o português e ela recusou, alegando ser o texto pouco comercial.

Anexo II
O pior preconceito
é o que vem de dentro

Texto escrito por Valéria Melki Busin, em 3 de fevereiro de 2002,
ao qual ela se refere na resposta da questão 7 da entrevista
contida no Anexo I.

Muitas vezes me pego confusa com a situação das lésbicas no Brasil. Se por um lado vimos a nossa visibilidade aumentar incrivelmente no último mês de janeiro (no rastro da infeliz tragédia que cercou Cássia Eller, Eugênia e Chicão), por outro vejo um fenômeno estranho tomando corpo: o preconceito que as lésbicas alimentam em relação a outras lésbicas. Isso para não falar do triste preconceito que muitas mulheres ainda têm sobre sua própria orientação sexual.

Sinto arrepios de desconforto quando vejo uma mulher se referir pejorativamente a outra como "masculinizada", agressiva ou inconveniente – termos muitas vezes aplicados à própria Cássia Eller. Claro que cada pessoa tem todo o direito a ter suas próprias preferências estéticas ou morais, isso não se discute. O problema começa quando esses rótulos são justificados de maneira escorregadia, com o terrível argumento de que mulheres "desse tipo" prestam um "desfavor à causa lésbica", pois transmitem uma imagem que não condiz com aquela que se quer pública: a de mulher "normal", "feminina", "correta".

Sinto aí um cheiro forte de preconceito da pior espécie – aquele que vem de dentro da própria comunidade –, como se fôssemos obrigadas, pelo simples fato de sermos homossexuais, a "vender" uma imagem que agrade indistintamente a toda a sociedade.

Eu lanço aqui uma pergunta: as mulheres heterossexuais têm uma única imagem, um comportamento-padrão ou uma correção moral absoluta? Não existem, por acaso, mulheres heterossexuais que sejam grosseiras, feias, drogadas, agressivas, vulgares, machistas, traiçoeiras? Por que então nós, lésbicas, temos de nos pautar por um código moral e estético tão estrito e pobre, na tentativa de uniformizar "na marra" nossas personalidades, tão diversificadas quanto as personalidades heterossexuais? A resposta não é nada difícil: é uma tentativa de nos tornar seres "palatáveis" à opinião pública, ou seja, trata-se de uma reprodução fiel de todos os piores preconceitos que nos cercam, apenas com uma fachada "engajada". Nós realmente precisamos dessa imagem pública para sermos aceitas? Precisamos de um rosto bonito, de um comportamento ideal, de uma camisa-de-força? Onde ficam o direito à diferença, o respeito à diversidade, a tolerância que tanto queremos?

Esse sintoma é preocupante, pois mostra que ainda há mulheres que se sentem tão desconfortáveis com sua própria orientação que procuram desesperadamente uma referência "politicamente correta", externa, pronta, fácil de agradar. Nós realmente não precisamos de nada disso se nos sentimos tranqüilas com nossa homossexualidade a ponto de sermos nós mesmas e de permitirmos que as outras sejam o que bem entenderem. A questão aí se resume em se aceitar com serenidade. Não precisamos provar nada a ninguém, precisamos apenas de respeito. E, para isso, precisamos começar por nós mesmas e aprender a lição mais básica: a tolerância pela diversidade. Como bem diz o hino da parada "Viva a diferença, a diferença é viva!".

Em tempo: quem diria que a "marginal", "masculinizada", "drogada", "inconveniente" e assumidíssima Cássia Eller despertaria tamanha comoção e solidariedade nacional pelo simples fato de ter sido sempre ela mesma, sem hipocrisia, sem máscaras e sem imagem bonitinha e agradável? Será que uma escorregadia Marina Lima (linda, não se discute) ou uma disfarçada Zélia Duncan (maravilhosa, sem dúvida) trariam tantos benefícios à tão falada "causa lésbica"?

SOBRE A AUTORA

Lúcia Facco nasceu em 26 de outubro de 1963, na cidade do Rio de Janeiro. Trabalhou em companhia de seguros, loja de flores, trabalhou com moda e formou-se em Letras (Português-Francês) pela Universidade do Estado do Rio de Janeiro em 1987. Em 1990, começou a lecionar Francês na rede estadual de ensino do Rio de Janeiro. Em 1994, deixou o magistério e foi trabalhar no sistema de bibliotecas da Uerj como funcionária administrativa, onde está até hoje. No ano de 1998, começou o curso de pós-graduação (*lato sensu*) em Literatura Brasileira, na mesma universidade. Esse curso serviu para que ela retomasse o prazer de estudar e discutir literatura, sua grande paixão. Em 2001 começou o curso de mestrado, também na Uerj, e o concluiu em 2003. Elaborou sua dissertação em formato totalmente heterodoxo, fora dos padrões normais da Academia. Diz ela que foi pelo puro prazer de escrever com criatividade e "estilo".

IMPRESSO NA
sumago gráfica editorial ltda
rua itauna, 789   vila maria
02111-031   são paulo   sp
telefax 11 **6955 5636**
sumago@terra.com.br

As heroínas saem do armário

FORMULÁRIO PARA CADASTRO

Para receber nosso catálogo de lançamentos em envelopes lacrados, opacos e discretos, preencha a ficha abaixo e envie para a caixa postal 62505, cep 01214-970, São Paulo-SP, ou passe-a pelo telefax (011) 3872-7476.

Nome: _____

Endereço: _____

Cidade: _____ Estado: _____

CEP: _____-_____Bairro: _____

Tels.: (___) _____ Fax: (___) _____

E-mail: _____ Profissão: _____

Você se considera: ☐ gay ☐ lésbica ☐ bissexual ☐ travesti

☐ transexual ☐ simpatizante ☐ outro/a: _____

Você gostaria que publicássemos livros sobre:

☐ Auto-ajuda ☐ Política/direitos humanos ☐ Viagens

☐ Biografias/relatos ☐ Psicologia

☐ Literatura ☐ Saúde

☐ Literatura erótica ☐ Religião/esoterismo

Outros:

Você já leu algum livro das Edições GLS? Qual? Quer dar a sua opinião?

Você gostaria de nos dar alguma sugestão?